Hundewin

© Kaylinn Gilstrap

K. A. Nuzum war zunächst Tänzerin, bevor sie am Vermont College das Schreiben für Kinder und Jugendliche studierte. Sie lebt auf einer kleinen Farm in Colorado und ist Anführerin ihres Rudels bestehend aus fünf Hunden, ihrem Mann und zwei Söhnen.

K. A. Nuzum

Hundewinter

Aus dem Englischen
von Gerda Bean

CARLSEN

MIX
Papier aus verantwortungsvollen Quellen
FSC® C083411
FSC
www.fsc.org

Sonderausgabe
Veröffentlicht im Carlsen Verlag
Oktober 2015
November 2013 (CTB 1278)

Originalverlag: Pippin Properties Inc., HarperCollins*Publishers*
Originaltitel: »The Leanin' Dog«

Umschlaggestaltung: formlabor unter Verwendung von Bildern
von shutterstock.com © kuleczka/INSAGO/Iren Lo
Corporate Design Taschenbuch: bell étage
Druck und Bindung: CPI books GmbH, Leck
ISBN: 978-3-551-31491-8
Printed in Germany

Für meine Mutter
Ruth Betty Glenna Cline Weedman Nuzum
1918–2006

1 Genau wie früher

Ich schob die Zöpfe in meine Wollmütze, zog das kratzige Ding tiefer über die Ohren und ging ans Fenster unserer Hütte. Ich drückte meine Nase an das kleine Viereck aus kaltem Glas.

Es hatte wieder angefangen zu schneien. Der Schnee fiel dick und schwer herab, wie der Samtvorhang im Theater unten in der Stadt. Meine Augen sahen sich satt an all dem Schnee; dann kniff ich sie zusammen und streckte die Arme aus. Ganz langsam hob und senkte ich sie, hoch und runter. Wie früher, wenn ich im tiefen Schnee lag, Engelsflügel machte und spürte, wie die Kälte und Nässe durch meine Hose und den Mantel drangen und Schnee in meinen Nacken rutschte. Ich erinnerte mich genau.

Mein Blick wanderte über die schneebedeckte Erde. Daddy nannte das ›die Tageszeitung lesen‹. Ich schätzte, es waren zehn Zentimeter Neuschnee auf die alten neunzig Zentimeter gefallen. Ich sah, dass ein Kojote vorbeigetrottet war und unter der hohen Kiefer neben der Veranda herumgeschnüffelt hatte. Er musste irgendwann in der Nacht vorbeigekommen sein, denn die Pfotenabdrücke waren an den Rändern verkrustet. Ich erkannte eine runde Schnüffelspur und einen Fächer aus Schnee, wo er stehen geblieben war und seine Nase vor den Vorderpfoten in den Schnee gedrückt hatte. Eine Elster war um die hohe Kiefer und dann in den Wald gehüpft. Der Abdruck ihrer langen Schwanzfedern folgte den Spuren ihrer großen Krallen.

Ich schaute auf die stille weiße Welt, und tief in mir drinnen regte sich so etwas wie Hoffnung. »Ich kann es«, flüsterte ich. »Ich kann es. Ich kann es. Genau wie früher.«

Ich beschwor das, was Daddy meine sture Ader nannte, herauf und schnappte mir meinen Mantel. Er hing an einem der großen, dicken Nägel, die Daddy für unsere warmen Sachen für draußen und unsere Rucksäcke in die Wand geschlagen hatte. So schnell ich konnte, schlüpfte ich in die Ärmel und knöpfte meinen Mantel zu.

Mein Herz fing an zu hämmern, aber ich achtete nicht darauf.

Mein Kiefer tat weh, weil ich die Zähne so fest zusammenbiss. Aber ich achtete auch nicht auf meinen Kiefer.

»Ich kann es«, sagte ich, so stur ich konnte.

Der eiserne Riegel an der Tür lag kalt wie der Tod in meinen Fingern. Draußen würde ich sofort zu Daddy laufen und guten Morgen sagen, und Daddy würde vor Freude strahlen. Seine Augen würden mich überrascht anschauen – überrascht, staunend und unheimlich stolz. Ich hob den Riegel, und die Tür sprang auf.

Die Luft schlug mit eiskalten Klauen nach meinem Gesicht. Sofort schnellten meine Hände in die Höhe, um meine Ohren unter der Wollmütze zu bedecken.

»Ich kann es. Ich kann es.«

Mein Herz klopfte so heftig, dass ich Angst hatte, es würde mir aus der Brust springen. Ich schob mich selber aus der Tür und stand auf der Veranda. Brennnesseln aus trockenem Schnee prasselten auf meine Wangen. Ich blickte hoch, und die Luft blieb mir im Halse stecken. Der Himmel war grau und weit. Wolkenmassen, so groß wie Afrika, wälzten sich über meinem Kopf vorbei.

Ich presste die Ohren fest an meinen Kopf und zwang mich, auf den Boden der Veranda zu blicken und mich auf die Holzbretter zu konzentrieren. Ich versuchte, nur dahin zu treten, wo der Schnee verweht und die Dielen zu sehen waren. Meine Füße schoben sich an dem Astloch vorbei, das dem Kopf eines Wolfes glich. Es war in der Mitte von Brett Nummer vier, von der Tür aus gezählt.

Ich trat auf Brett Nummer sechs mit den elf Rillen, die mit einem Nagel eingekratzt waren. Der Schnee hatte die meisten zugedeckt. Jedes Jahr an meinem Geburtstag kratzte ich eine neue Rille ins Holz. Als ich vier wurde, hatte ich damit angefangen, und die ersten Kratzer waren flach und krumm. Mit jedem Jahr wurden sie tiefer und gerader.

Ich zwang meine Füße, über die Geburtstagsrillen und Brett sieben und acht zu gehen. Dann lagen nur noch zwei Bretter vor mir, zwei Bretter bis zur Abschlusskante der Veranda.

»Ich kann es. Ich kann es.«

Aber jetzt machten sich meine Ohren bemerkbar. Der Schmerz ging los – der Schmerz, der sich von den Ohren bis zu den Zehen zog. Der Mama-Verlier-Schmerz.

»Ich kann es.« Meine Stimme klang dünn und gedämpft. Brüchig.

Ich war fast am Rand, da, wo die Veranda aufhörte und die weite Welt begann.

Aus meinem Mund kam kaum noch Dampf. Ich schnappte nach Luft, konnte sie aber nicht wieder ausatmen.

Ich blinzelte und kniff die Augen fest zusammen, um nicht zu weinen. Meinen Beinen befahl ich weiterzumachen. Sie gehorchten und trugen mich bis zum Rand. Bis zum Rand.

Der Himmel schien sich auf die Wipfel der Kiefern zu senken. Er kam immer tiefer herab und erdrückte mich. Mir drehte sich der Kopf.

Ich hob den rechten Fuß vom Boden und streckte ihn in die Luft. Ich befahl meinen Knien, sich zu beugen. Ich befahl meinem rechten Fuß, auf die Erde zu treten.

Doch vor lauter Tränen sah ich die Erde nicht, und meine Trommelfelle vibrierten vom Schluchzen, das ich in mir drinnen festhalten wollte.

»Mama!« Der Schrei fuhr aus meinem Mund wie der heulende Wind.

Als ich zurück zur Hüttentür stürzte, sah ich Daddy, der zum Schuppen ging, wo er ein gefrorenes Reh aufbewahrte. Er wirbelte herum, als ich schrie, und unsere Blicke trafen sich.

Er strahlte nicht vor Freude.

Er sah kein bisschen stolz aus.

Er war auch nicht überrascht oder staunte.

2 *Die Ränder meiner Ohren*

Ich rannte ins Haus und schlug die Tür hinter mir zu, sackte zusammen und rang voller Scham nach Luft. Wie gestern früh und vorgestern früh und vorvorgestern früh.

Ich krümmte mich, damit der Schmerz in meiner Brust endlich nachließ. Als Mama noch nicht tot war, war ich ständig draußen gewesen. Ich arbeitete mit ihr im Garten, unserem hübschen Garten, der sauber und ordentlich hinter dem silbrigen Maschendrahtzaun lag. Im Frühling steckten wir in schön geraden Reihen Samen in die Erde. Der Wind fuhr mir durch die langen Haare, die Bienen summten an meinen Ohren, und alles war gut.

Im Sommer unternahmen wir lange Spaziergänge, meilenweit von unserer Hütte entfernt, unter dem blauen Himmel, der sich hoch über uns erstreckte. Ich lag draußen im Freien, am sonnenwarmen Ufer des Weidenbachs, und Mama und ich entdeckten Wolken, die wie Piratenschiffe und Elefanten aussahen.

Ich ging sogar in die Stadt, als ob das gar nichts wäre, tief hinunter in die Schlucht und wieder hoch und dann noch meilenweit über flaches Land. Und auch das war alles gut. Ich war vor Freude immer ganz aufgeregt, wenn ich nur an so einen Ausflug dachte.

Und jetzt stand ich da und schaffte es nicht einmal von der eigenen Veranda hinunter, um das Außenklo zu benutzen. Am Anfang hatte Daddy immer gesagt, wenn erst der Frühling käme und die Luft wärmer war, könnte ich ganz bestimmt wieder alles tun, was ich wollte, und meine Ohren würden mich nicht mehr quälen. Aber jetzt sagte Daddy schon seit einer Weile nichts Zuversichtliches mehr über meine Ohren.

Wie konnte etwas Totes einen bloß so quälen? Die Ränder meiner Ohren waren mausetot. Tot wie … Mama. Sie waren gestorben, als sie starb, erfroren wie sie. Man konnte sie immer noch sehen, aber seit sie gestorben waren, konnte ich sie nur noch spüren, wenn sie kalt wurden. Dann taten sie weh und griffen nach meinem Herzen, und dann tat mein Herz so weh, dass ich an den Sterbetag denken musste und es kaum aushalten konnte. Ich hielt es einfach nicht aus.

Ich rieb mit dem schönen Taschentuch, auf das Mama zu meinem letzten Geburtstag die Anfangsbuchstaben meines Namens gestickt hatte, an den Tränen auf meinen Wangen herum. Dann stieß ich einen tiefen, zittrigen Seufzer aus und zog den Nachttopf unter meinem Bett hervor.

3 *Eier trennen*

Frühstück war vorüber, und ich führte meine morgendlichen Waschungen durch, wie Mama es nannte. Das heißt, ich wusch mir die Hände und das Gesicht. Vor dem Fenster fiel der Schnee jetzt schneller und dichter. Ich konnte die ersten Kiefern am Waldrand und die Wacholderbüsche im Westen kaum noch erkennen.

Daddy packte sich warm ein, bevor er wie jeden Tag den Berghang hochkletterte, um nach seinen Fallen zu schauen. Er wickelte den Schal zweimal um die untere Gesichtshälfte und hängte sich den Rucksack über die Schultern. Im Rucksack waren eine Wasserflasche, Streifen von Dörrfleisch und kleine getrocknete Äpfel. Er berührte meinen Arm – ganz leicht, als ob er Angst hätte, mich zu zerbrechen.

»Das Wetter wird nicht besser, Dessa Dean. Und der Wind nimmt zu … bleib lieber in der Hütte!«

Wir blickten uns in die Augen, und ich sah, dass Daddy wusste, er hätte das Ende des Satzes gar nicht zu sagen brauchen.

Er ging aus der Tür, und ich umklammerte den Waschlappen mit der Hand und rieb mir damit im Gesicht herum, bis meine Haut brannte.

Als ich den Schmerz keine Sekunde länger aushielt, hörte

ich auf und zwang mich, an meine Schularbeiten zu denken. Ich packte unseren Tisch aus Kiefernholz und zerrte ihn scharrend über die Dielen zum Ofen. Dann schob ich auch meinen Stuhl in die Wärme und setzte mich.

Mein Schreibheft lag aufgeschlagen auf dem Tisch, und ich sah, dass Daddy zwanzig neue Wörter für mich aufgeschrieben hatte. Früher hatte sich Mama immer Wörter für mich ausgedacht, die ich lernen musste, bis ich sie richtig buchstabieren konnte. Jedes Jahr begann der Schnee wieder zu fallen und türmte sich um uns auf. Dann konnte ich erst im Frühling wieder zur Schule unten in der Schlucht.

Die Anderen konnten im Winter auch nicht zur Schule gehen. Anfang Dezember schafften es sogar die frechen Zwillingsjungen, die Bradleys, die unsere nächsten Nachbarn waren, nicht mehr durch den Schnee. Also machte Miss Auburn den Laden bis zum Frühjahr dicht, wenn ihre acht Schülerinnen und Schüler wiederauftauchten. Sie sagte immer, es würde zwei volle Wochen dauern, bis wir uns endlich beruhigt hätten, weil wir so aufgeregt waren, uns wiederzusehen. Trotzdem gefiel es mir, dass Mama und ich den schönen langen Winter zusammen hatten, um rechtschreiben und rechnen zu lernen und Bücher zu lesen … und durch den dichten Wald mit seinen Kiefern und Wacholderbüschen zu wandern und weit, weit weg von unserer Hütte durch den tiefen Schnee zu stapfen und über Schneewehen zu klettern.

Winter. Das war das erste Wort, das Daddy auf das Papier geschrieben hatte. Ich kannte es schon. W-i-n-t-e-r. Ich musste nicht einmal hinschauen, als ich es niederschrieb. Fünfmal in

Schönschrift. Daddy suchte eine Menge Wörter aus, die ich schon schreiben konnte. Aber ich machte ihm deshalb keinen Vorwurf. Woher sollte er das auch wissen? Immer, wenn Mama mir Wörter beigebracht hatte, war Daddy in den Bergen gewesen, hatte nach seinen Fallen geschaut und dafür gesorgt, dass wir genug zu essen hatten, um über den W-i-n-t-e-r zu kommen.

Jetzt musste er sich um beides kümmern – Essen auf den Tisch bringen und mich unterrichten. Oft drehten sich alle Wörter auf seiner Liste um etwas Bestimmtes. Ich versuchte immer, herauszufinden, was es war. So konnte ich nämlich herausbekommen, was Daddy gerade durch den Kopf ging.

Feierlichkeit. F-e-i-e-r-l-i-c-h-k-e-i-t. Daddys zweites Wort für mich.

»K-e-i-t«, sagte ich laut. »K-e-i-t.« Mama und ich hatten im Herbst an keit-Wörtern gearbeitet. Wir übten sie beim Buddeln im Garten, wo wir dickes Gemüse ausgruben, das wir im Frühjahr gesät hatten.

F-e-i-e-r-l-i-c-h-k-e-i-t. Ob wir Weihnachten feiern würden? Ein trauriger Klumpen ballte sich in meinem Magen zusammen. Weihnachten ohne Mama? Ich zog meine kratzige Wollmütze tiefer ins Gesicht und drückte die Spitze meines Bleistifts fest auf das Papier.

F-e-i-e-r-l-i-c-h-k-e-i-t. Fünfmal in Schönschrift.

Geschenk. G-e-s-c-h-e-n-k. Zu leicht. Daddy schien auch über Weihnachten nachzudenken. Wenn wir Weihnachten feierten, wüsste ich schon, was sein G-e-s-c-h-e-n-k sein würde: Schokoladenkaramell. Bei meinem letzten Ausflug in die Stadt mit Mama am Ende des Sommers hatten wir zwei Tafeln Blockschokolade gekauft, und Mama hatte gesagt, ich dürfte den kleinen Teller ihres besten Porzellangeschirrs benutzen, um die Karamellstücke daraufzulegen. Mama musste Daddy erst überreden, für Schokolade Geld auszugeben. Er hatte natürlich nicht geahnt, wofür wir sie brauchten.

G-e-s-c-h-e-n-k. Fünfmal in Schönschrift. Wenn wir wirklich Weihnachten feierten – ob ich dann auch ein Geschenk bekäme? Auch darum hatte sich immer Mama gekümmert. Im letzten Jahr hatte ich Orangen bekommen. Sie waren so süß wie Bonbons und von ganz weit her – aus Florida. Kurz vor den Feiertagen war es noch einmal ordentlich warm geworden, und Mama war durch den Matsch bis in die Stadt gestiefelt, um sie für mich zu besorgen. Im Jahr davor war es ein großer Sack Pekannüsse aus Oklahoma gewesen, den sie gekauft hatte, bevor der W-i-n-t-e-r richtig losgegangen war.

Ich arbeitete alle Wörter von Daddy durch. Beim zwanzigsten Wort war ihm die Fantasie ausgegangen. Nachdem ich fünfmal r-o-t geschrieben hatte, fingen meine Gedanken an herumzuwandern. Meine Augen folgten ihnen zum Fenster und in den Schneesturm draußen. Die Kiefer neben der Veranda wurde hin und her gepeitscht. Die Hütte knarrte. Frostige Luft strömte durch den Spalt unter der Tür und machte meine Fußknöchel eiskalt.

Ich blätterte die Seite mit den Rechtschreibwörtern um und kam zu den Rezepten und den Aufgaben zum Eiertrennen, die Daddy für mich notiert hatte. Rezept war das Wort, das Mama und ich für das Zusammenzählen benutzten. Eiertrennen bedeutete Abziehen.

Als ich noch klein war und Mama mir Rechnen beibringen wollte, begriff ich es nicht gleich. Sie erklärte mir dann, dass Zahlen zusammenzählen genauso ging, wie einem ihrer Kochrezepte zu folgen. So, wie wir verschiedene Zutaten nahmen und sie vermischten, um Brot zu backen oder einen Eintopf zu kochen, konnten wir auch verschiedene Zahlen nehmen und sie miteinander verbinden, um etwas Neues daraus zu machen.

Und Abziehen, sagte Mama, war genauso wie das Trennen von Eiweiß und Eidotter, wenn wir eine Buttercremetorte backen wollten. Man nahm einen Teil von einer Zahl weg und bekam eine andere, kleinere Zahl, so, wie wir von einem ganzen Ei das Weiße wegnahmen und dann nur das Eidotter übrig blieb.

Kochen gehörte schon immer zu den Sachen, die ich mit Mama am liebsten tat, und Rechnen wurde zu einer meiner neuen Lieblingsbeschäftigungen. Als wir zum Malnehmen und Teilen kamen, brauchte ich keine neuen Namen mehr dafür. Ich begriff alles blitzschnell. Das hatte jedenfalls Mama gesagt, und es stimmte. Aber Mamas alte Ausdrücke mochte ich trotzdem noch.

Daddy schrieb die Rechenaufgaben immer quer über die Seite anstatt von oben nach unten, und egal, wie gut ich von links nach rechts lesen konnte – mein Kopf konnte nur von oben nach unten rechnen. Deshalb schrieb ich die Aufgaben immer so ab, dass die Zahlen übereinanderstanden. Vierhundertfünfundachtzig war dann das, was herauskam, wenn ich in einem Rezept die Zahl 188 über die Zahl 297 schrieb.

Ich war gerade dabei, Eier zu trennen, als sich eine kräftige Windbö gegen die Hütte warf und meine Schreibhand über das Papier rutschte und mit einer dunklen Bleistiftlinie die Hälfte meiner Rechenaufgaben durchstrich.

Die Fensterscheibe klapperte und zitterte, und plötzlich riss der Wind die Tür sperrangelweit auf.

Ich schrie, als winzige weiße Eissplitter mein Gesicht trafen und kalte Luft mit einer solchen Wucht ins Haus schoss, dass mir der Atem stockte.

Und plötzlich saß ich nicht mehr in der Hütte und rechnete. Der Ofen war verschwunden, und ich kauerte in einer Schneewehe, beugte mich über Mama und versuchte, sie vor dem Wind zu schützen. Versuchte, ihr gut zuzureden, damit sie wieder aufstand.

»Bitte, Mama! Bitte!«, brüllte ich in den Wind. »Wir erfrieren! Josephine Elvira Hubbard, wir müssen weiter!«

»Lauf schon, Angsthase.« Ihr Mund war müde und langsam, und ihre Worte kamen lallend heraus. »Ich bleibe hier, mein Angsthäschen. Ich bleibe hier und warte auf den Eisprinzen. Du wirst sehen – er kommt bestimmt.«

Als ich sie hochziehen wollte, riss sie ihren Arm los und schlug mir ins Gesicht. Wegen der Kälte tat es doppelt so weh wie im Sommer. Aber ich nahm es ihr nicht übel. Ich wusste, wenn Mama ihr Insulin oder etwas zu essen brauchte und es nicht bekam, sagte sie Sachen, die sie nicht so meinte. Sie tat auch Sachen, die sie nicht so meinte.

Es hatte keinen Sinn, mit ihr zu streiten, wenn ihr Blutzucker niedrig war. Also sank ich neben ihr in den Schnee und traute mich nicht, Hilfe zu holen, aus Angst, sie würde allein weitergehen und sich verlaufen. Als Mama die Augen schloss und nicht mehr antwortete, deckte ich sie mit meinem Körper zu, um sie warm zu halten. Und ich hoffte.

Ich hoffte, dass Daddy uns finden würde.

4 Verrückt werden

Der Schnee peitschte aus allen Richtungen auf uns nieder und der Wind heulte wild und böse. Oder war es der Eisprinz? Kam er, wie Mama gesagt hatte? Ich riss die Augen auf.

Die Tür der Hütte stand offen.

Und es war nicht der Wind, der heulte, *ich* war es, und meine Brust tat weh. Ich hatte wieder einen meiner Wachträume, einen Albtraum bei Tag. Ich hatte Daddy nichts davon erzählt. Über meine Albträume in der Nacht wusste er aber Bescheid, und das waren genau die gleichen Träume. Ich war mit Mama im Freien, versuchte, sie warm zu halten, und hoffte, dass Daddy uns retten würde. Aber er rettete uns nicht.

Er kam erst später.

Erst, als Mamas Körper die letzten Zuckerreserven verbraucht hatte, um warm zu bleiben.

Erst, als der Eisprinz sich an uns herangeschlichen und Mamas Schwäche ausgenutzt hatte.

Und die oberen Ränder meiner Ohren getötet hatte.

In diesem Moment brüllte ich immer und fiel aus dem Bett, und Daddy kam angelaufen, hob mich hoch und redete leise mit mir, bis ich wieder Luft bekam und nicht mehr weinte.

»Schau, Dessa Dean«, sagte er dann. »Ich lege noch ein Holzscheit auf, um deine Ohren zu wärmen. Du kannst beruhigt weiterschlafen.«

Die Wahrheit ist, dass ich mich nicht traute, Daddy von meinen Wachträumen zu erzählen. Tief in mir drinnen steckte die Angst, verrückt zu werden und dass die Albträume wahr werden könnten, wenn ich laut davon sprach. Allmählich war Daddy wahrscheinlich selber so weit, mich für verrückt zu halten. Das machte mir am meisten Angst. Wenn es schon zwei Menschen waren, die das dachten, musste es stimmen.

Ich kroch zur Tür und machte sie zu. Ich drückte mit aller Kraft auf den Riegel, um ganz sicher zu sein, dass er festsaß und die Tür nicht wieder auffliegen konnte.

Meine Beine waren ganz wacklig auf dem Rückweg zum Stuhl. Ich zog mir die kratzige Wollmütze tiefer ins Gesicht und zwang mich, langsamer zu atmen und auszurechnen, was 585 plus 901 ergab. Die richtige Antwort lautete 1486.

Jetzt war nur noch eine Rechenaufgabe übrig, dann konnte ich lesen. Lesen war mein Trost, denn es trug mich weit, weit weg von den Dingen, die mich ängstigten.

662 plus 769. »Zwei plus neun ist elf, einer bleibt«, sagte ich, und dann blieb mir fast das Herz stehen. Das Heulen hatte wieder angefangen. Angst jagte wie ein Kaninchen durch mich hindurch. Ich war sicher, dass mich ein neuer Albtraum mit sich nehmen würde.

»Aber es passiert nie zweimal am Tag – nie«, hörte ich meine dünne, brüchige Stimme sagen. Ich versuchte, energisch zu klingen. »Nie!«

Das Heulen ging weiter. Mein Blick flog zur Tür – sie war zu –

und dann zum Fenster. Die Wipfel der Kiefern rührten sich kaum. Der Wind hatte sich gelegt.

Doch die jammervollen Laute hörten nicht auf.

Meine Hände packten die Tischkante, aber meine Ohren lauschten dem Geheul. Es kam von draußen. Ganz aus der Nähe. Von der Veranda.

Und dann kratzte es an der Tür.

Ich sprang so schnell auf, dass der Stuhl hinter mir umfiel und zu Boden krachte.

5 Ein braunes Knäuel

Niemals zuvor hatte einer meiner Wachträume an der Tür gekratzt. Als ich hinging, schlugen meine Knie aneinander. Ich drückte mein Ohr gegen das raue Holz und lauschte.

Es kratzte. Und winselte. Ganz unten.

Ich umschloss den Riegel mit meinen Fingern und hielt ihn ganz fest. Es schien kein Wachtraum zu sein, ich hatte nicht das Gefühl, davon überwältigt zu werden. Ich spürte den kalten Riegel in meiner Hand und die kalte Luft, die durch den Spalt unter der Tür in die Hütte strömte. Ich hörte das Kratzen und Winseln.

Mit einer Hand zog ich die Mütze tiefer über die Ohren, holte meine Sturheit aus meinem Innern hervor, hob den Riegel an und drückte gegen die Tür … Sie rührte sich nicht von der Stelle.

»Vielleicht war es doch der Wind, vielleicht hat uns der Wind einen Haufen Schnee vor die Tür geweht«, sagte ich.

Der Gedanke machte mir Mut. Ich trat zurück und stieß mit der Schulter fest gegen die Tür. Kalte Luft strich über meine Wangen, als sich die Tür einen Spaltbreit öffnete und sofort wieder zufiel.

»Also *das* wollen wir doch mal sehen«, sagte ich mit zusammengebissenen Zähnen. Ich ging zum Tisch, stieß mich von ihm ab und warf mich mit voller Wucht gegen die Tür. Sie sprang weit auf, und ich wirbelte in die freie Natur hinaus.

Während meine Hände an meine Ohren flogen, sah ich ein großes, schneebedecktes braunes Knäuel, das versuchte, vor mir aufzustehen. Ich wollte ihm ausweichen, aber meine Füße waren zu schnell und die Veranda war glatt, und so prallte ich voll gegen das Knäuel und fiel darauf.

Ich ächzte bei der Landung und das Knäuel jaulte und wand sich und zappelte unter mir. Dann raste es wie ein geölter Blitz davon.

Ich zog mich hoch auf die Knie und spähte durch den Vorhang aus Schnee.

Ein Hund! Es war gar kein Albtraum – ein Hund hatte an unserer Tür gekratzt! Aber mit einem seiner Beine stimmte etwas nicht. Er hatte noch alle vier, aber das rechte Vorderbein sah aus, als ob es einem anderen Hund gehörte. Es schlenkerte herum, vom Körper weg, anstatt sich unter ihm zu bewegen. Es war, als ob das Bein versuchte, allein davonzulaufen.

»Hierher, Hund!«, rief ich. »Komm zurück!«

Der Hund blieb stehen, und als er sich umdrehte, war ich voller Hoffnung. Er sah mich an und legte den Kopf auf die Seite.

»Bitte, komm zurück!«, rief ich ihm zu. »Komm zurück und leiste mir Gesellschaft!«

Der Hund stand lange da und musterte mich abschätzend, und ich sah ihn mir ganz genau an.

Sein Fell war braun wie Karamell, und Schnee lag in einem breiten weißen Streifen auf seinem Rücken, von den Ohren bis zum wedelnden Schwanz. Er war groß, der Kopf breit und kantig, und die Schlappohren waren dunkler als der Rest. Der Hund hatte sie aufgestellt, hörte mir zu, und es sah aus, als ob die Ohren Mühe hatten, aufgerichtet zu bleiben. Der Schwanz war lang und an der Unterseite fedrig. Es war ein wunderschöner Hund.

Während ich ihn noch beobachtete, reckte er die Schnauze hoch in die Luft und aus der Entfernung hörte ich, was er sagte.

»Ruu!«

Und dann lief er weg, in den Wald hinein, wobei das rechte Vorderbein nach Norden wollte, während der Rest nach Westen sprang.

»Nein! Warte – bitte, warte!«

Ich rappelte mich auf, lief, ohne zu überlegen, bis zum Rand der Veranda und sprang hinunter. Ich lief dem Hund hinterher! Ich lief dem Hund hinterher, und dann – dann überwältigten mich meine brennenden Ohren so plötzlich, dass ich auf die Knie fiel. Aber mein Blick war auf den Wald gerichtet und suchte nach dem Hund.

Doch da waren nur Schneeflocken. Lautlose Schneeflocken.

Ich humpelte in die Hütte zurück, setzte mich vor den Ofen und zog mein Hosenbein über dem rechten Knie in die Höhe. Das Knie war aufgeschürft und blutig vom scharfen, verkrusteten Schnee. In mir drinnen fühlte es sich genauso an.

Ich holte mein Geschichtsbuch von dem kleinen Bücherregal, das neben Daddys Bett stand, und vertiefte mich in die Taten des römischen Kaisers Konstantin. Er war verantwortlich dafür, dass der christliche Glaube in der ganzen alten Welt verbreitet wurde. Aber die Fragen, die durch meinen Kopf spukten, und die Sehnsucht, die mich gepackt hatte, ließen mich immer wieder aufspringen, trieben mich in der Hütte umher und zwangen mich, immer wieder die Tür aufzureißen.

»Huuund! Komm zurück! Komm hierher!«, rief ich immer und immer wieder in die Schneeluft hinein. Aber meine Stimme klang noch dünner als zuvor.

6 Verletzt!

Elfmal machte ich die Tür auf und rief nach dem Hund. Zwölf Schritte brauchte ich, um vom Tisch zur Tür zu kommen. Zwölf Schritte hin und zwölf zurück macht 24 Schritte. Deshalb lautet die richtige Antwort auf die Frage, wie viele Schritte ich zurücklegte, um nach dem Hund zu schauen: 11 mal 24 Schritte, also insgesamt 264.

Hätte ich die Schritte alle in eine Richtung gemacht, sagte ich mir, *wäre ich bis zum Waldrand gekommen, und wenn ich den Hund von dort gerufen hätte, hätte er mich vielleicht gehört und wäre zurückgekommen*. Bei diesem Gedanken füllten sich meine Augen mit Tränen.

Ich wünschte mir so sehr, dass der große karamellbraune Hund wiederkam!

Ich wippte auf meinem Stuhl vor und zurück.

Wo er wohl herkam? Wieso war er auf unserer Veranda aufgetaucht?

Ich hörte auf zu weinen und zu schniefen, saß ganz still da und überlegte. Dann schlug ich mir mit der Hand auf die Stirn und sagte laut: »Du bist ein dummes Huhn, Dessa Dean!«

Ich stapfte zur Tür, stieß sie auf und ließ mich auf der Veranda auf Hände und Knie nieder.

Das Erste, was mir ins Auge fiel, gleich neben der Tür, war das Lager, das sich der Hund gemacht hatte. Es war ein Kreis von etwa einem Meter. Der Hund hatte den Schnee niedergetrampelt und sich dann gegen die Kälte ganz eng zusammengerollt. Meine Fußstapfen führten mittendurch. Als ich hinter ihm hergerannt war, hatte ich sein Lager nicht beachtet, aber jetzt konnte ich die breiten Pfotenabdrücke erkennen, und ich sah, dass der Schnee in der Mitte des Lagers glatt und von seiner Wärme angetaut war. An den Rändern bildeten sich schon wieder neue Eiskristalle.

Aber der Hund hatte sich nicht sofort ausgeruht. An den Pfotenabdrücken war zu erkennen, dass er die Stufen zur Veranda erklommen hatte und zuerst auf die Seite, wo die hohe Kiefer stand, gelaufen war. Vor den Abdrücken der Vorderpfoten lag ein winziges Schneehäufchen und der unterste Kiefernzweig, der über die Veranda hing, war an einer kleinen Stelle grün. Der Hund hatte daran geschnüffelt.

Von dort aus war er auf die andere Seite der Veranda getappt und hatte sich gesetzt. Eine fächerförmige glatte Stelle im Schnee bewies, dass der Hund mit dem Schwanz gewedelt hatte.

Ich konnte sehen, dass er viermal von einer Seite der Veranda auf die andere gelaufen war. Anscheinend war er wie ich hin- und hergerannt.

Während ich die Spuren betrachtete, fiel mir plötzlich noch etwas anderes auf: Der Abdruck seiner rechten Vorderpfote war nicht so tief wie die anderen. Der Hund hatte die Pfote nicht so stark belastet, aber die Krallenspuren waren deutlich zu sehen –

so, wie man es von einem tieferen Abdruck erwarten würde. Die Pfote war flacher aufgekommen, hatte sich mehr als die linke gespreizt und war nicht im Einklang mit den anderen. Der Hund schonte die Pfote, keine Frage. Das war das Bein, das beim Laufen nach außen schwang.

Der Hund war also verletzt und zu unserer Hütte gelaufen, um Hilfe und Trost zu suchen, und ich hatte ihn verscheucht.

Auf Händen und Knien suchte ich die Veranda ab und schaute mir jeden Abdruck ganz genau an. Es war nirgendwo Blut zu sehen.

»Ist doch wenigstens etwas«, sagte ich.

Wimmernd erhob ich mich, weil mein aufgeschürftes Knie steif geworden war.

»Huund!«, rief ich in die Dämmerung und ließ meine Stimme hoffnungsvoll über die Pfotenabdrücke bis zum Wald schallen. »Ich helfe dir, wenn du wiederkommst! Ich kann dir helfen, wenn du zurückkommst!«

Ich blieb lange still stehen und lauschte, hörte aber nichts. Dann ging ich wieder ins Haus.

Die tiefen, kalten Schatten kamen im Winter so furchtbar früh. Jetzt war es zu dunkel, um zu lesen oder etwas Ähnliches zu tun.

Daddy war der festen Meinung, dass ich noch ein ganzes Jahr warten musste, bevor ich die schöne Petroleumlampe aus rotem Glas oder eine von den Laternen allein anzünden durfte. Als das Licht des Nachmittags verschwand, konnte ich daher keine Hausaufgaben mehr machen, und es war Zeit, mich um das Abendessen zu kümmern, bevor es dafür zu dunkel wurde.

Ich schob den Holztisch an seinen Platz zurück und schaute nach dem Rehsteak, das Daddy am Morgen abgeschnitten und ins Haus gebracht hatte. Es war inzwischen bis auf die Mitte aufgetaut.

Ich schob ein dickes Holzscheit in den Bauch des Ofens, damit er zum Kochen richtig heiß wurde. In diesem Winter hatte Daddy zum ersten Mal gesagt, dass ich jetzt alt genug war, um das Feuer allein zu schüren. War ich nur alt genug dafür, weil Mama tot war? Das fragte ich mich oft.

Ich horchte weiter nach draußen, damit mir kein Laut entging, kein Kratzen oder Heulen, zerrte den großen Kochtopf vom unteren Regal und fing an, Kartoffeln und Möhren aus unserem Sommergarten, die in der Hütte lagerten, zu zerschneiden.

Jedes Mal, wenn ich mit einer Kartoffel fertig war, spähte ich aus der Tür. Es hätte ja sein können, dass meine Schäl- oder Schnippelgeräusche das Hundegebell oder Jaulen übertönt hatten.

Die Veranda blieb leer.

Endlich war der Topf so voll mit Fleisch und Gemüse, dass es für zwei Abendessen reichte. Ich gab Wasser für die Brühe, drei Prisen Salz und zwei Prisen Pfeffer dazu, setzte den Deckel fest auf den Topf und stellte ihn auf den Ofen.

Bald füllte sich die Hütte mit dem kräftigen, fleischigen Duft des Eintopfs. Da kam mir eine Idee.

Mit einer Gabel fischte ich im Topf, spießte die zartesten Fleischbrocken auf und häufte ein halbes Dutzend davon mit etwas Brühe in eine Pfanne. Dann mummelte ich mich fest ein, zog mir die Mütze über die Ohren und trug die Pfanne ins Freie.

»Huund!« Ich streckte die Arme so weit nach vorn, wie es ging, weit über den äußeren Rand der Veranda hinaus, und schwenkte den Topf durch die Luft, damit der Wind den würzigen Duft des Eintopfs bis zu der Hundenase im Wald tragen konnte.

»Komm fressen, Hund!«

7 *Tapp! Tapp! Tapp!*

Aber der Hund kam nicht.

Ich blieb so lange draußen, wie meine Ohren die Kälte aushielten. Dann drückte ich die dampfende Pfanne mit dem Fleisch und der Brühe in den Schnee und stapfte wieder ins Haus. Wieso kam mir die Hütte jedes Mal ein bisschen größer und leerer vor, wenn ich wieder hineinging, ohne den Hund gesehen zu haben?

Ich hängte den Mantel an seinen dicken Nagel und rührte mit einem großen Löffel im Eintopf herum, damit er gleichmäßig kochte und nicht anbrannte, genau so, wie Mama es mir beigebracht hatte.

Ich glaube, es dauerte eine ganze Minute, bis ich merkte, dass es nicht nur das Schaben des Löffels an den Seiten und am Boden des Topfes war, was ich hörte.

Ich hörte die Pfanne über die Veranda schaben!

Mein Herz machte einen Satz.

»Dessa Dean, du bist ein schlaues Mädchen!«, lobte ich mich, schlüpfte schnell wieder in meinen Mantel und flitzte zur Tür.

»Moment!«, sagte ich. »Du hast ihn schon einmal verscheucht.«

Ich bremste mich, schlich mich auf Zehenspitzen ganz nah heran und presste ein Ohr gegen die Tür. Oh ja! Er schleckte und schlürfte wie wild die Pfanne aus. Ich hörte sie quer über die Veranda klappern.

Lautlos umfasste ich den Riegel, hob ihn ganz, ganz langsam an und öffnete die Tür. Noch nie zuvor war mir aufgefallen, wie sehr sie knarrte.

Das Klirren und Klappern verstummte.

Ich schob die Tür etwas weiter auf. Blasses Licht vom Ofen flackerte über die Veranda.

Ein Schatten sprang ins Dunkel zurück.

Ich reckte den Hals wie eine Schildkröte und spähte aus der Tür.

»Hierher, Hund! Ich bin's nur. Du kennst mich doch.«

Ich sprach ganz langsam und sanft.

Ein Scharren war die Antwort. Ein leises Scharren.

Und dann ein Tappen. Tapp, tapp, tapp.

Es klang nicht nach großen Hundepfoten.

Das war das Geräusch kleiner Füße, kleiner Hinterfüße.

Ich kannte das Geräusch.

Ich riss den Kopf zurück und warf die Tür zu.

Zu spät.

8 ⚘ *Warnung*

Etwas prasselte gegen die Tür, und gleich darauf waberte der strenge Geruch des Stinktiers über die Schwelle. Sofort tränten meine Augen. Ich musste würgen. Wie gelähmt stand ich da und weinte und keuchte, bis mir endlich einfiel, ein Geschirrtuch nass zu machen und den Spalt zwischen Tür und Fußboden damit abzudichten. Aber der köstliche Duft des Eintopfs war schon verschwunden – der Gestank des Skunks hatte ihn verdrängt.

Stiefel stampften auf der Veranda. Ich hörte, wie die Pfanne klappernd über die Bretter schlitterte.

»Was zum Teufel?«

Das war Daddys Stimme vor der Tür. Mein Herz schlug schneller, als sie aufflog und Daddy als dunkler Umriss im Türrahmen erschien.

»Dessa Dean? Was in drei Teufels Namen ist hier los? Was macht die gute Pfanne auf der Veranda?«

Daddy kam herein. Er schwenkte die Pfanne in der rechten Hand.

»Das stinkt ja zum Himmel da draußen!«

Er schnüffelte und hustete.

»Und hier drinnen auch. Erzähl mir ja nicht, dass du wieder irgendwelches Viehzeug gefüttert hast!«

Daddy schloss die Tür und schob das nasse Geschirrtuch mit der Stiefelspitze in den Spalt zurück. Er drehte sich zu mir. Seine Miene und Stimme waren finster.

Ich hatte selten Angst vor meinem Vater, aber in diesem Augenblick sah er furchtbar groß aus, und ich fühlte mich klein. Mama war mittelgroß gewesen, und als sie noch lebte, hatte sie sich in solchen Momenten immer vor mich gestellt und »Komm, John, beruhige dich!« gesagt. Dann fühlte ich mich vor seiner Größe beschützt. Aber Mama war fort, und jemand so Kleines wie ich würde es niemals wagen, Daddy zu sagen, dass er sich beruhigen soll.

»Nein, Dad«, kam es quieksend aus meinem Mund.

»Was macht die Pfanne dann auf der Veranda? Und weshalb bleibt mir hier drinnen die Luft weg vor lauter Gestank?«

»Ach, Daddy!«

Und schnell wie der Wind war die Aufregung über den Hund wieder da und meine Angst verflogen.

»Heute ist ein Hund vorbeigekommen. Ein schöner, großer, brauner Hund. Bis auf die Veranda. Er ist zu uns gekommen, weil er verletzt ist. Er hat eine schlimme Vorderpfote, Daddy.«

»Hier gibt es keine Hunde, Dessa Dean.«

»Doch, doch! Ich schwör's …«

Die Worte blieben mir im Hals stecken, als mein Blick auf den von Daddy traf, denn was ich darin ablesen konnte, war: *Verrückt*. Ich schaute zu Boden und schämte mich. Dann spürte ich, wie sich tief in meinem Innern meine sture Ader regte. Ich reckte das Kinn.

»Ich kann es beweisen.«

Jetzt verwandelte sich Daddys strenge Miene. Er sah mich bekümmert an.

»Lass uns jetzt einfach nur tun, was zu tun ist, Dessa Dean«, sagte er mit weicher Stimme. »Ist das Essen fertig?«

Er ging zum Topf, der auf dem Ofen stand.

»Bitte, Daddy! Kannst du *bitte* eine Laterne anzünden und mit rauskommen? Auf der Veranda sind überall Pfotenspuren.«

Er sah mich an, den Kopf auf die Seite gelegt, genau wie der Hund. Dann presste er die Lippen zusammen und nickte.

»Na gut. Sehen wir nach.«

»Also, das ist ja was.«

Daddy hockte neben den Pfotenabdrücken und hielt die Laterne hoch.

»Er hat große Füße. Sie passen nicht zum Gewicht des Hundes. Er ist leicht. Solche großen Pfoten müssten an die hundert Pfund über sich haben. Dieser Hund wiegt allerhöchstens siebzig, schätze ich.«

Siebzig Pfund! Das war immer noch groß und zwanzig Pfund mehr, als ich nach Daddys Schätzung auf die Waage brachte. Seit Mamas Tod war ich ziemlich abgemagert. Dad sagte immer, ich hätte Pfunde verloren, seit meine Ohren mich so quälten.

»Du hast Recht, das Vorderbein scheint ihm wehzutun«, sagte Daddy. »Sieht nach einer kaputten Sehne aus, so wie sich die Zehen spreizen und er die Pfote flach aufsetzt. Deshalb wiegt er auch nicht so viel, wie er eigentlich sollte. Mit der Verletzung fällt es ihm schwer zu jagen.«

Daddy wippte auf den Fersen.

»Du bist immer noch eine gute Fährtenleserin, Dessa Dean. Warum kommst du morgen nicht mit auf den Berg? Da findest du jede Menge Spuren – du hättest viel zu tun.«

Ich blickte zu Boden und schüttelte den Kopf.

»Nein, lieber nicht.«

Der Seufzer, der aus Daddys Kehle kam, tat mir weh.

»Es ist nicht … nicht, was du denkst«, sagte ich. »Es ist wegen dem Hund.« Ich wollte so sehr, dass es einen anderen Grund hatte, einen neuen Grund, dass ich nicht mit auf den Berg, nicht von der Veranda herunterkonnte.

»Wegen dem Hund?«

»Ja, Daddy. Ich hoffe, dass er morgen wiederkommt. Und dass wir uns anfreunden.«

Daddy richtete sich auf und ging zur Tür.

»Schauen wir mal, was du heute an Schularbeiten geschafft hast.« Daddy drehte sich zu mir um und blickte mir fest in die Augen. »Und, Dessa Dean – wenn der Hund wiederkommt, lass ihn in Ruhe. Er ist wild, also unberechenbar. Vielleicht hat er die Tollwut oder was Ähnliches. Hast du mich verstanden?«

»Aber, Daddy, ich …«

»Und stell ja kein Essen mehr auf die Veranda, sonst haben wir bald noch Schlimmeres als Stinktiere am Hals. Zwischen den Schneestürmen machen sich die Bären auf Futtersuche. Wenn man etwas Essbares auf die Veranda stellt, ist das wie eine Einladung für sie. Hast du verstanden?«

9 Ruuu

Der Wind heulte und schlug auf mich ein. Mama lag ganz still im Schnee, und winzige Schneeflocken sammelten sich auf ihren dunklen Wimpern. Ich schlang meine Arme noch fester um sie und drehte meinen Kopf in die Richtung, aus der wir gekommen waren. Der Wind brannte auf meinen Wangen, und als ich sah, wie der Schnee die Spuren unserer Schneeschuhe verwehte und unseren Heimweg auslöschte, füllten sich meine Augen mit Tränen.

Der Kummer lag so schwer auf mir, dass er mich fast erdrückte, als ich aus meinem Albtraum erwachte, und ich war schlaff wie eine Stoffpuppe. Ich spürte Daddys Arme um mich und die Wärme des Ofens, aber ich konnte nur reglos auf dem Bett liegen und weinen.

Schließlich versiegten meine Tränen, und meine Augen trockneten und taten weh. Als nur noch ein paar kleine Schluchzer in mir waren, steckte Daddy meine Decken wieder fest, und als das graue Morgenlicht in die Hütte kroch und ich hörte, wie Daddy sich fertig machte, um wie jeden Tag loszuziehen in die Berge, schlief ich ein.

Mir war heiß, so heiß, als ich am Vormittag erwachte. Daddy

hatte meinen Ohren zuliebe ein großes Feuer gemacht, und ich lag unter drei Quilts vergraben. Sogar mein Kopf lag unter den Decken, und als ich herausguckte, sah ich, dass die Sonne in die Hütte schien und sie zusätzlich wärmte. Der Sturm war weitergezogen.

Ich schlug die Decken zurück und rollte meine kratzige Wollmütze hoch. Da hörte ich etwas scharren und wusste sofort, dass es der Hund war. Er war zurückgekommen!

Ich zog die Mütze wieder ins Gesicht und lief zur Tür. Ich griff nach dem Riegel, und dann fielen mir Daddys Worte wieder ein. »Dessa Dean, lass den Hund in Ruhe, wenn er wiederkommt! Lass ihn in Ruhe!«

Ich ließ den Riegel los, zwang meine Füße hinüber zu den Regalbrettern, auf denen unsere Vorräte lagerten, und nahm das Brot herunter. Ich schlug das weiße Geschirrtuch mit der blauen Borte, das unser Brot frisch hielt, zurück und schnitt eine dicke Scheibe ab. Dann löffelte ich goldenen Honig aus dem Glas auf das Brot, strich ihn glatt und klappte die Scheibe in der Mitte zusammen.

Wieder kratzte es an der Tür.

Ich rückte meinen Stuhl ganz nah an den Tisch, damit ich gefangen war, und setzte mich.

Es heulte hinter der Tür, trauriger als der Nachtwind, und rüttelte an meiner Willenskraft.

Ich stieß den Stuhl mit Wucht zurück und rannte zur Tür.

So langsam, wie ich es aushalten konnte, machte ich sie auf und streckte den Kopf hinaus.

»Hund?«

Er stand direkt vor der Tür.

Unsere Blicke trafen sich. Der Hund hatte seine Beinmuskeln gespannt – bereit, sofort die Flucht zu ergreifen.

»Oh nein«, sagte ich leise und schüttelte kaum merklich den Kopf. »Bitte bleib!«

Ich blickte zur Seite, um zu zeigen, dass ich nicht vorhatte, ihn anzugreifen oder wieder auf ihn zu fallen.

»Ich bin so froh, dass du zurückgekommen bist! So froh.«

Ich machte die Tür noch ein bisschen weiter auf – verflixtes Knarren!

»Willst du nicht reinkommen, Hund? Ich mach dir auch Frühstück.«

Er setzte sich und wedelte mit dem Schwanz.

Ich musste lächeln.

Ich winkte ihn heran und trat zur Seite, damit er an mir vorbeikam.

Er neigte den Kopf und hielt seine braunen Augen auf mich gerichtet.

»Rrruuu«, sang er mit seiner schönen tiefen Stimme. Es war kein Bellen und auch kein Heulen.

Ich möchte schon, aber ich schaff es nicht, wollte er mir wahrscheinlich sagen.

Den Blick auf die Verandabretter gerichtet und die Hand ausgestreckt, machte ich zwei winzige Schritte auf ihn zu.

Der Hund stand wieder auf.

»Rruu«, sagte er, die bärtige Schnauze in die Höhe gereckt, und drehte sich zu den Stufen.

»Oh, nein, bitte, bitte, bleib! Ich tu dir nichts. Das verspreche ich dir. Ehrenwort!« Ich legte die Hand aufs Herz und machte einen großen Schritt rückwärts.

Die schweren Muskeln seiner Schultern entspannten sich. Er setzte sich wieder hin und sah mich an.

Ich kreuzte die Beine und ließ mich langsam, ganz langsam auf die Veranda nieder, bis ich im Schneidersitz saß. Dann lehnte ich mich an die Wand und legte den Kopf schief, um einen Seitenblick auf den Hund zu werfen – er sollte nicht das Gefühl haben, dass ich ihn anstarrte.

»Ich heiße Dessa Dean«, sagte ich. »Und du? Hast du überhaupt einen Namen?«

Sein Schwanz klopfte auf den Boden.

Ich hoffte, dass er sich bereits ein wenig an mich gewöhnte. Ich wollte, dass ihm meine Stimme vertraut wurde. Deshalb redete ich einfach weiter.

»Wieso bist du zu uns gekommen? Ich bin wegen der Fallen hier. Mein Daddy hat früher mal in der Stadt gearbeitet, als ich noch klein war, aber irgendwann hat es keine Jobs mehr gegeben, und da konnte er nicht mehr genug zu essen beschaffen. Darum hat mein Daddy meine Mama und mich hier raufgebracht, wo es viel Wild gibt. Wir haben immer was zu essen auf dem Tisch und können die Felle verkaufen, sagt Daddy.«

Der Hund legte sich in einen Fleck aus warmem Sonnenlicht. Er streckte die Vorderbeine vor sich aus und ließ die Schnauze auf die Pfoten sinken. Dann stieß er einen tiefen Seufzer aus, in dem sich ein winziges Jaulen versteckte. Seine Augen schlossen sich langsam und beinah genießerisch.

Ich blieb noch eine Minute lang sitzen. Dann rutschte ich ein kleines Stückchen nach vorn. Der Hund machte ein Auge auf, blinzelte mich an und machte es wieder zu.

Ich rutschte weiter.

Diesmal öffnete er beide Augen und hob den Kopf.

Ich blickte zu Boden.

»Alles in Ordnung, Hund. Ich tu dir nichts. Ich will deine Freundin sein.«

Er streckte mir die Nase entgegen, die wie verrückt schnüffelte, schnell und laut.

Langsam, ganz langsam streckte ich meine Hand aus.

Oh! Die große braune Nase war eiskalt und wundervoll und feucht. Und die Lefzen, die meine Hand beim Schnüffeln berührten, waren samtweich.

Der Schwanz pochte auf den Boden. Der Hund legte seinen Kopf wieder auf die Vorderpfoten, und als ich wieder ein Stück näher rutschte, rührte er sich kein bisschen.

10 ~ *Halb drinnen, halb draußen*

Als ich dem Hund zum ersten Mal von oben bis unten den Rücken streichelte, zog er den Kopf ein und legte die Schlappohren an, als ob er erwartete, geschlagen zu werden. Beim zweiten Mal zuckte er überhaupt nicht mehr zusammen, sondern rollte nur die Augen zur Seite, um meine Hand mit dem Blick zu verfolgen, und beim dritten Streifzug meiner Hand legte er schließlich den Kopf auf die Pfoten und lächelte.

Wahrscheinlich hatte er längere Zeit in der Wildnis gelebt. In der Stadt hatte ich mal bei Freunden von Mama und mir einen Hund gestreichelt, der im Haus gehalten wurde. Sein Fell war glatt und seidig und er brauchte ein ganz besonderes Futter und ein Bett vor dem Kamin, damit es glatt und seidig blieb.

Dieser Hund war sanft, aber sein Fell war hart und fast drahtig, als ob er an raues Wetter gewöhnt war.

Es sah auch überall anders aus. Seine Augen waren braun wie dunkle Schokolade, der Kopf einen Ton heller, und im Nacken hatte er eine Halskrause, eine rötliche fedrige Krause, die aus dem karamellfarbenen Fluss des Fells ausbrach, wie das Wasser eines Bächleins, das über große Steine springt.

»Feder?«, fragte ich.

Der Hund rührte sich kein bisschen.

»So heißt du also nicht?«

Ich legte mich auf die Seite und wandte ihm mein Gesicht zu.

Er leckte meine Nase.

Aus der Nähe sah seine Zunge riesig aus.

»Schlecki?«

Er legte den Kopf wieder auf den Boden.

»Auch nicht.«

Direkt unter seinem Hals, auf der Brust, war ein kleiner weißer Wirbel, der aussah wie ein winziger Schneesturm.

»Sturm? Flocke? Schneegestöber?«

Der Hund stieß einen tiefen Seufzer aus.

»Stimmt alles nicht, oder?«

Ich strich sanft über die große linke Vorderpfote. Die Krallen waren schwarz und vom Graben ein bisschen rissig.

Oh! Ich hatte seinen verletzten Fuß völlig vergessen, seine Sehne, das komische Bein.

Die Augen des Hundes folgten mir, als ich auf seine andere Seite ging, aber er blieb ruhig liegen.

Ich hob seine rechte Pfote.

Träge wischte er mit der breiten rosa Zunge über meinen Handrücken.

Mit leichtem Druck befühlte ich die ganze Pfote, eine Stelle nach der anderen.

Der Hund gähnte.

Ich fuhr mit der Hand ein bisschen fester an der Unterseite seines Beins entlang, lehnte mich auf die Schulter und tastete das Bein nach unten hin ab.

Als ich an eine Stelle kam, die direkt über dem vorderen Gelenk lag, wo Daddy die verletzte Sehne vermutete, winselte der Hund und stand schnell auf. Er humpelte bis zum Rand der Veranda und blickte zurück – als ob es ihm leidtäte, als ob er sagen wollte, er hätte mir vertraut und dann hätte ich ihn enttäuscht.

»Ach, Hund!« Ich spürte Angst in mir aufsteigen. Er konnte mich doch nicht schon wieder verlassen, nicht einfach so, nicht mit dem Gefühl, dass er bei mir nicht sicher war. Wenn das seine letzten Gedanken waren, käme er vielleicht nie mehr zurück!

»Ich war nur neugierig«, sagte ich. »Ich wollte bloß helfen.« Ich klopfte leicht auf das Brett neben mir. »Komm her, mein Schöner. Es tut mir leid. Dann lassen wir es eben so, wie es ist. Ich hab ja auch ein Geheimnis, das ich niemandem verrate. Jetzt komm schon! Bitte, Hund!«

Er neigte den Kopf zur Seite und blickte mir in die Augen, als ob er sagen wollte: *Versprochen?* Er ging nicht fort, aber er kam auch nicht näher.

»Das brauchst du nicht, dass jemand an dir herumdrückt, stimmt's? Was du brauchst, ist was Warmes zu fressen und einen Platz, an dem du dich sicher fühlen kannst.«

Langsam, ganz langsam und ohne ihn anzuschauen, stand ich auf und schob mich zur Tür.

»Weißt du was«, sagte ich, so sanft ich konnte, »ich geh jetzt mal rein und mach dir ein bisschen Eintopf mit viel Fleisch und Soße warm, und ich lasse die Tür offen, damit wir weiter miteinander reden können. Wenn du Lust hast, Hund, kannst du gern ins Warme kommen. Unsere Hütte kann auch *dein* sicherer Ort sein.«

Er blieb am Rand der Veranda stehen. Ich behielt ihn im Auge, solange es ging, und sobald ich im Haus war, lief ich auf Zehenspitzen ans Fenster und guckte zu ihm hinaus. Er sah die Bewegung, und einen Moment lang fürchtete ich, dass er doch noch weglaufen würde. Seine Muskeln spannten sich und er drehte sich leicht von mir weg. Aber ich winkte ihm zu und fing wieder an, mich ganz normal mit ihm zu unterhalten. Der Hund setzte sich, und ich holte die gute Pfanne heraus, mit der ich kein Viehzeug mehr füttern sollte, aber *den* Gedanken schob ich in meinem Kopf ganz weit nach hinten. Ich schöpfte eine riesige Portion Fleisch und Soße aus dem großen Topf, schürte das Feuer, so schnell und leise, wie ich konnte, und erhitzte den Eintopf.

Als das Essen warm wurde, verbreitete sich ein köstlicher Duft in der Hütte. Der Hund stand auf, streckte sich und tappte bis an die Türschwelle. Ich lächelte ihn an.

»Riecht gut, oder?«

Er wedelte mit dem Schwanz, das Maul öffnete sich und seine Zunge hing heraus. Er sabberte auf den Boden.

»Du bist ja halb verhungert.« Ich rührte im Eintopf, damit sich die Wärme schön gleichmäßig verteilte, und steckte den Finger mitten hinein, um zu prüfen, ob das Essen auch nicht zu heiß wurde. Dann trug ich die Pfanne vier mittelgroße Schritte näher zur Tür und stellte sie ab.

»Komm her, komm und friss!«

Der Hund wedelte wieder mit dem Schwanz.

»Na, komm schon! Komm her! Es schmeckt gut. Ehrlich.«

Er rührte sich nicht vom Fleck, hob aber die Schnauze und schaute an der langen Nase entlang zu mir her.

»Rrruuu«, sagte er.

»Na gut«, sagte ich und schob die Pfanne drei Schritte weiter, näher zur Tür. »Besser so?«

Seine Nase reckte sich dem Eintopf entgegen. Der ganze Körper zitterte. Er wollte so gerne fressen.

»Ach, Hund, vertrau mir doch nur ein ganz kleines bisschen. Das kannst du doch, oder nicht?«

Er wedelte mit dem Schwanz, und ich schob die Pfanne so weit, dass sie nur noch zwei Schritte von der Tür entfernt war. »Jetzt in Ordnung?«

Da machte der Hund etwas Komisches. Ich hätte nie gedacht, dass ein Hund so was tut. Er legte sich mit dem Bauch flach auf den Boden und kroch langsam auf die Pfanne zu; dabei presste er sich auf die Bretter, als ob er sich unsichtbar machen wollte. Als seine vordere Hälfte am Eintopf ankam, war seine hintere Hälfte noch immer auf der Veranda. Das machte ihm aber nichts aus. Er schleckte sofort die Soße auf und verschlang dann die Fleischbrocken, als ob es im Leben nie mehr was zu fressen gäbe.

Ich wärmte ihm eine zweite Portion auf und eine dritte und legte zwei neue Holzscheite auf und anschließend noch zwei, denn die Hütte kühlte sich schnell ab – schließlich stand die Tür immer noch weit offen, weil die hintere Hälfte des Hundes auf der Veranda bleiben wollte.

Ich glaube, das vordere Ende hätte einfach so lange weitergefressen, wie ich ihm etwas gegeben hätte, aber irgendwann drängte sich eine unangenehme Frage in meinen Kopf wie ein Stachel – wie viel Eintopf würde für Daddy und mich zum Essen bleiben? Als ich in den großen Topf schaute und das kleine Häufchen Möhren und Kartoffeln am Boden sah, das nicht mal mehr herumschwimmen konnte, weil ich dem Hund fast die ganze Brühe herausgeschöpft hatte, knallte ich den Deckel auf den Topf und sandte ein Stoßgebet zum Himmel: »Lieber Gott, bitte mach, dass Daddy nicht merkt, dass es kein Fleisch und keine Brühe mehr gibt. Amen.«

Ich schaute den Hund an und fühlte mich gleich wieder besser. Er schlief tief und fest. Die Pfanne war auf die Seite gekippt, und die Hundenase lag mittendrin. Bestimmt hatte er im gleichen Augenblick zu träumen angefangen, als er aufgehört hatte zu schlecken.

Ich musste unwillkürlich lächeln und verdrängte meine Sorge um Daddys Essen. Dringender waren meine Schulaufgaben, weil Daddy immer streng guckte, wenn ich zu wenig gelernt hatte.

»Deine Schulbildung war deiner Mama unheimlich wichtig, Dessa Dean. Und du ehrst ihr Andenken am besten, wenn du das Lernen ernst nimmst.« Das sagte Daddy immer, wenn er meinte, ich hätte gefaulenzt und mich nicht richtig angestrengt.

Ich zog meinen dicken Mantel an, denn ich schlotterte in der eiskalten Luft, die in die Hütte strömte, und fischte die Handschuhe aus den Taschen, die Mama mir im letzten Winter gestrickt hatte. Über eines wunderte ich mich doch – selbst bei sperrangelweit offener Tür taten mir die Ränder meiner Ohren kaum weh.

Um den Hund nicht zu stören, schob ich den Tisch, so langsam und leise ich konnte, über den Fußboden zum Ofen. Das Tier war jedoch so erledigt, dass es nicht einmal zuckte. Ich stellte den Stuhl mit der Lehne zum Feuer, damit es meinen Rücken wärmte, und steckte noch zwei dicke Holzscheite in den Bauch des Ofens. Dann schlug ich mein Schreibheft auf und blätterte, bis ich eine frische Seite vor mir hatte, und fing mit der zweiten Schreibübung dieser Woche an: Ich musste mit allen Wörtern meiner Liste Sätze bilden. Ich hatte eine Riesenmenge zu sagen, und meine Gedanken purzelten so schnell heraus, dass meine Finger kaum mithalten konnten und wehtaten, weil ich mich so bemühte, alles aufzuschreiben.

1. *Der Winter hat viel Schnee auf unsere Veranda gebracht, aber auch den großen braunen Hund.*
2. *Der Hund, der auf der Veranda aufgetaucht ist, war wie ein Geschenk für mich, und ich hätte am liebsten gleich mit den Feierlichkeiten angefangen.*

Ich war unheimlich stolz, dass ich zwei Wörter meiner Rechtschreibliste in einen einzigen Satz eingebaut hatte, und als ich den Rest der Wörter ansah, kam es mir vor, als ob jedes für einen Satz über den Hund bestimmt war. Selbst r-o-t kam mir nicht mehr so langweilig vor. Ich schrieb: *Der Hund ist fast überall braun, aber um den Hals hat er eine rote Halskrause wie eine fedrige Mähne, aber Feder heißt er nicht. Ich habe es ausprobiert.*

Den letzten Satz radierte ich aus und wunderte mich immer noch, dass all diese Wörter für Hundesätze gemacht zu sein schienen. Dann fiel mir ein, dass Daddys Rechtschreiblisten meistens ein bestimmtes Thema hatten. Hatte er gewusst, dass der Hund kommen würde, und sich Wörter ausgedacht, die zu ihm passten? Das fand ich dann aber doch ziemlich unwahrscheinlich – so, wie er mir die Sache am vergangenen Abend ausgeredet hatte. Aber vielleicht hatte es jemand anderes, jemand wie Gott oder Mama oben im Himmel, gewusst und sich vorgenommen, Daddys Herz zu erweichen, und ihm passende Wörter für die Rechtschreibliste eingegeben. Wer weiß?

So saß ich also da, froh und getröstet, und im nächsten Augenblick kippte ich vor Schreck fast vom Stuhl. Aus heiterem Himmel bellte der Hund laut und böse und sprang auf, so dass die Pfanne klappernd über den Fußboden rollte. Er raste aus der Tür auf die Veranda und bellte und knurrte so laut, dass ich zu zittern anfing.

Ich sauste hinter ihm her, zog mir die Wollmütze über die Ohren und hatte nur einen Gedanken – der Hund musste einen Bären oder vielleicht sogar einen Berglöwen gerochen haben. Fragen wirbelten durch mein Gehirn: Würde ich es schaffen, den Hund ins Haus zu zerren und die Tür zuzuschlagen und zu verriegeln, bevor einer von uns gefressen wurde?

Ich spähte hinaus. Der Hund stand breitbeinig am Rand der Veranda, die rechte Vorderpfote flacher aufgesetzt als die anderen, die Nacken- und Rückenhaare gesträubt. Er hatte die blassen Lefzen weit zurückgezogen, um seine scharfen, Furcht einflößenden Zähne zu zeigen. Böse und langgezogen rumpelte ein Knurren tief aus seinem Bauch hervor. Dann bellte er laut. Der Hund war kampfbereit.

Meine Augen folgten seinem Blick durch das trübe Nachmittagslicht über das Schneefeld, hinüber zu den Kiefern und Wacholderbüschen, und was ich sah, brachte mein Herz noch viel stärker zum Rasen, als es ein Bär oder Puma jemals gekonnt hätten.

11 Schrotflinte

Es war Daddy. Er kam aus dem Wald und stapfte durch den Schnee, den Blick auf den Boden gerichtet. Er sah ganz erledigt aus und ich erkannte sofort, dass sein Schlitten fast leer war, nur ein oder zwei Felle lagen darauf und Fallen, die repariert oder geölt werden mussten. Daddy schien mit den Fallen kein Glück gehabt zu haben; seine Schritte waren langsam und der Rest von ihm ganz gebückt, wie immer, wenn er Pech hatte.

Als der Hund wieder bellte, hob Daddy den Kopf, blieb stehen und starrte den Hund an.

»Oh, lieber Gott«, stöhnte ich, und dann brüllte ich, damit der Hund mich über sein eigenes Bellen hören konnte: »Aus! Aus! Hör auf zu bellen, Hund! Hör auf!«

Aber er hörte nicht auf.

Als ich wieder zum Wald schaute, blieb mir die Luft weg. Daddy lief auf die Hütte zu und hob die Schrotflinte.

»Daddy! Nein, Daddy, bitte *nicht!*« Ich brüllte mir die Lunge aus dem Leib, und meine Schreie machten den Hund verrückt. Er sprang von einer Seite der Veranda auf die andere, schnappte mit dem Maul und bellte wie ein Verrückter. Sein Blick war auf Daddy gerichtet.

Die ganze Welt schien zum Stillstand zu kommen. Ich spürte, wie das Blut heiß hinter meinen Schläfen pochte, und beobachtete Daddy, der den Lauf seiner Flinte himmelwärts richtete. Er feuerte, und ich sah, wie die Waffe in seine Schulter zurückprallte.

Die ruhige Winterluft zerbarst in tausend Splitter bei diesem Schuss.

Erschrocken schrie eine pechschwarze Krähe auf und stob flügelschlagend in den Himmel.

Der Hund duckte sich und rannte von der Veranda. Er stolperte, als seine wunde Pfote auf dem fest gepackten Schnee aufkam und das rechte Bein versuchte, allein davonzulaufen. Ich beobachtete, wie der Hund der Schlucht entgegenraste, wie er vor Daddy davonlief.

Wie er mir davonlief.

Bevor ich schreien oder mich an der Tür festhalten konnte, warf sich ein Albtraum über mich und trug mich davon. Trug mich davon, um Mama wieder sterben zu sehen.

Wie lange es dauerte, bis mein Kopf mich zurückkommen ließ, um Daddys warme, starke Arme zu spüren, die mich vor dem knisternden Feuer des Ofens wiegten, weiß ich nicht.

Aber keinen Atemzug später erfüllte ein neuer Kummer mein Herz und überflutete mich. Gerade hatte ich Mama zum hundertsten, nein, tausendsten Mal verloren, und jetzt, zurück in der hellwachen Welt, hatte ich auch den Hund verloren. Für immer und ewig. Er kam nicht zurück, nicht, nachdem Daddy ihn mit seiner Flinte verjagt hatte.

»Dessa Dean. Dessa Dean.« Immer und immer wieder flüsterte Daddy erschrocken meinen Namen.

Warum war er so erschrocken? Und dann fiel es mir ein: Er hatte zum ersten Mal gesehen, wie ich am Tag in einen Albtraum rutschte. Vor lauter Scham wurden meine Arme und Beine ganz steif. Ich drehte den Kopf weg und ließ die Augen zu. Ich wollte nicht sehen, für wie verrückt er mich hielt.

»Dessa Dean. Gott sei Dank, Kind. Hat der Hund dir was getan? Dessa Dean?«

Ich schüttelte heftig den Kopf.

»Bist du sicher? So wie er in die Luft gesprungen ist und geknurrt hat – und dann hab ich dich umfallen sehen. Er hat dich nicht gebissen, oder? Es ist wichtig! Vielleicht hat er die Tollwut, und wenn du gebissen worden bist …«

»Wir sind Freunde. Er würde mich nicht beißen.« Meine Stimme war ganz zittrig. »Er hat mich nur beschützt und unser Haus bewacht.«

Daddy machte ein schnaubendes Geräusch.

»Aber wenn dir nichts fehlt – wieso bist du dann umgefallen?«

Sein Griff lockerte sich und er setzte mich aufrecht auf seine Knie. Ich sah, dass er in der einen Hand mein Schreibheft hielt. Er hatte die Seite mit den Hundesätzen aufgeschlagen.

»Dessa Dean? Was *war* das? Was ist mit dir da draußen passiert?«

Ich saß still da und spürte, wie Angst den Kummer verdrängte.

Daddy schüttelte mich sanft.

»Sag's mir, mein Mädchen!« Seine Stimme war vor Sorge ganz dünn.

»Ein Wachtraum.« Ein zittriger Seufzer kam aus mir heraus. »Wie einer der Albträume von Mama, die ich nachts immer habe. Nur kommen sie am Tag. Sie kommen, wenn ich wach bin.«

Jetzt konnte ich meine Tränen nicht mehr zurückhalten. Sie liefen mir brennend übers Gesicht und fielen auf Daddys große, rissige Hände.

»Mein Gott, Kind.« Er zog mich näher an sich heran, raschelte mit den Seiten des Schreibhefts und hielt mich ganz fest. »Warum hast du mir davon nicht früher erzählt?«

»Ich hatte Angst.«

»Angst? Wovor hattest du denn Angst?«

Ich war still, bis Daddy mich wieder ein bisschen schüttelte.

»Ich hatte Angst, dass du mich für verrückt hältst.« Ich flüsterte die Worte. »Ich wollte nicht, dass du das denkst.«

Daddy saß da und rührte sich nicht.

Nach einer Weile fragte ich mich, ob er mich überhaupt gehört hatte.

Ich spürte, wie sein Herz schlug. Mein Kopf hob und senkte sich mit seinem Atem.

Endlich richtete sich Daddy wieder auf. Seine Augen waren ernst.

»Du bist nicht verrückt, Dessa Dean. Hörst du, mein Mädchen?«

Ich nickte.

»Du bist nicht verrückt.«

So, wie er es sagte, klang es wie ein Befehl oder wie eine Schulaufgabe.

»Gut, Daddy«, sagte ich. Ich wusste nicht, ob man einfach so beschließen kann, nicht verrückt zu sein, aber für Daddy wollte ich es unbedingt versuchen. Ich horchte tief in mich hinein und holte meine sture Ader hervor. *Ich will nicht verrückt sein.* Ich dachte es laut und entschlossen in meinem Kopf. *Ich bin nicht verrückt. Ich bin es nicht.*

Ich brüllte so laut in meinem Kopf, dass ich glaubte, ich hätte nicht richtig gehört, als Daddy weiterredete.

»Es war ein Fehler von mir, den Hund zu verjagen«, sagte er. »Der Hund kann bleiben, Dessa Dean.«

Ich setzte mich noch gerader hin, wie ein Zaunpfahl, und schlang meine Arme um Daddys Hals und drückte ihn fest an mich.

»Oh, Daddy, danke! Vielen, vielen Dank! Das ist der allerbeste Hund der Welt! Ehrlich, er wollte mich nur beschützen und die Hütte auch. Und er hat überhaupt keine Tollwut.«

Dann fiel es mir ein.

Der Hund war weg.

Ich lehnte mich an Daddy, und wieder schossen mir Tränen in die Augen.

»Er kommt nicht zurück«, kam es schluchzend aus mir heraus. »Er hat zu große Angst.«

»Wenn du den Eintopf von gestern aufwärmst und rausstellst und rufst, kommt er bestimmt zurück, Dessa Dean.«

»Das klappt nicht.« Ich ließ den Kopf hängen.

»Der Hund ist spindeldürr. Er wird schon kommen, wenn er deinen guten Eintopf riecht.«

»Ich hab das meiste vom Eintopf schon verfüttert. Es ist nur noch Gemüse da.«

Ich spürte, wie sich Daddys Arme strafften, und hörte, dass seine Stimme das Gleiche tat. »Du hast dem Hund mein Essen vorgesetzt? Nachdem ich den ganzen Tag draußen in der Kälte war und mich abgerackert habe, um was zu essen auf den Tisch zu bringen? Das hast du getan?«

»Ja, Daddy, das habe ich getan.«

Daddy war lange ganz still. Dann seufzte er schwer.

»Dann gehe ich wohl mal in den Schuppen und schneide ein paar Rehsteaks für uns ab und dazu noch eine Scheibe für das verflixte Hundevieh. Geh und schür das Feuer und mach die Bratpfanne heiß!«

Es klang nicht, als ob er wahnsinnig begeistert wäre, aber was er sagte, machte mir Mut.

»Ja, Daddy.« Ich ging zum Holzstoß neben dem Ofen, und mein Herz sank. »Ach, du lieber Gott«, flüsterte ich. Nur ein ganz dünnes Holzscheit war noch übrig. Ich hatte den Vorrat für zwei Tage verbraucht, um mich und das vordere Ende des Hundes zu wärmen.

»Daddy, kannst du auch gleich noch Holz mit reinbringen?«, bat ich mit leiser Stimme. Ich hatte ihm den Rücken zugekehrt.

»Mehr Holz? Dessa Dean, ich hab doch erst heute früh eine Ladung ins Haus gebracht.«

Er trat neben mich und starrte auf den leeren Platz neben

dem Ofen. »Genau hier hatte ich Holz für zwei Tage gestapelt. So viel kannst du unmöglich an einem einzigen Tag verbrannt haben. Dessa Dean?«

Der Ton war scharf.

Ich holte tief Luft und hielt den Blick auf den Fußboden gerichtet, aber ich antwortete ehrlich und mit fester Stimme. »Er ist nur halb in die Hütte gekommen. Er hatte einfach zu viel Angst, um ganz reinzukommen. Ich musste die Tür offen lassen, und nach dem Fressen ist er eingeschlafen, halb drinnen und halb draußen, und es wurde furchtbar kalt, und ich hatte Angst, dass mir die Ohren wieder wehtun würden, darum musste ich immer weiter Holz nachlegen. Ich *musste.*«

Daddy sank auf seinen Stuhl am Tisch und fuhr sich mit der Hand über die Stirn. Er sah schrecklich müde aus.

»Dessa Dean«, sagte er. »Der Hund hat mich Essen, Brennstoff und Sorgen gekostet und war noch keinen Tag da. Vielleicht ist es doch keine so gute Idee, ihn anzulocken. Er weiß nicht mehr, wie es ist, mit Menschen zu leben. Vielleicht hat er es auch nie gewusst. Es kann sein, dass er nie zahm genug wird, um bei uns im Haus zu bleiben. Es ist schon schwer genug, für uns beide zu sorgen, ohne auch noch für einen wilden Hund Holz fällen zu müssen.«

»*Ich* kann das machen! *Ich* hacke mehr Holz, Daddy!« Kaum hörte ich die Worte in der Luft, schrumpfte ich innerlich zusammen und senkte ganz schnell meinen Blick. Doch vorher traf er noch den von Daddy, und ich sah in seinen Augen den gleichen Gedanken, den ich auch gehabt hatte: *Sie schafft es ja nicht mal von der Veranda. Wie will sie da Holz hacken gehen?*

Daddy nahm meine Hand und zog mich an sich. Nach einem langen Augenblick hob er mein heißes Gesicht und sah mir in die Augen.

»Vielleicht hilft es dir ja, wenn der Hund da ist – vielleicht tun dir die Ohren dann nicht mehr so weh, Dessa Dean. Dafür lohnt es sich, mehr Holz zu hacken.«

12 Angsthase

Daddy wollte unbedingt, dass ich mich hinsetzte und mein Abendbrot aß, bevor ich versuchte, den Hund wieder anzulocken. Ich hoffte so sehr, er käme zurück, dass mein Magen Purzelbäume schlug. Es fühlte sich an, als ob jeder Bissen Rehsteak und jeder Happen aufgewärmtes Gemüse in mir herumhopste. Ich aß aber weiter, denn Daddy bestand immer darauf, dass der Teller leer gegessen wurde, weil es ihn so viel Mühe kostete, ihn zu füllen. »Nur nichts umkommen lassen« war einer seiner Lieblingssprüche. Das sagte er meist, wenn es zum Abendessen Kürbis gab. Kürbis hatte noch nie zu meinen und Mamas Lieblingsspeisen gehört. Aber Daddy fand, Kürbis sei ein unheimlich zuverlässiges Gemüse. Weder Schädlinge noch zu wenig Sonne oder Wasser hielten die Kürbisse vom Wachsen ab, weshalb Mama und ich jedes Jahr verschiedene Sorten gepflanzt hatten.

Endlich waren unsere Teller leer. Ich machte mich sofort ans Spülen des Geschirrs und war im Handumdrehen damit fertig. Jetzt war ich bereit.

»Daddy, was meinst du? Soll ich das Steak für den Hund braten oder frisst er es am liebsten roh?«

Mein Vater schüttelte den Kopf. »Das ist ihm egal. Er ist ein Hund, Dessa Dean. Lass es roh.«

Ich schlüpfte in die Stiefel und wickelte mich in meinen dicken Mantel, schob die Hände in meine Handschuhe und ließ eine schöne dicke Scheibe Wild in eine Schüssel gleiten.

Dann zog ich die Mütze fest über die Ohren und die Stirn. Meine Augen schauten gerade noch heraus.

Ich trat auf die Veranda und gab Acht, dass die Tür hinter mir richtig schloss. Ich wollte nicht, dass Daddy vor dem Morgen noch einmal Holz hacken musste.

Ich atmete tief die bitterkalte Luft ein und rief: »Hund! Huund!« Meine Stimme schwebte wie ein Wunsch in die Nacht hinein.

Ich schwenkte die Pfanne auf und ab, hin und her und im Kreis herum, damit der Wind den Duft des Essens und meinen Herzenswunsch zum Hund trug.

Aber er kam nicht.

Ich ging bis an den äußersten Rand der Veranda. Meine Stiefelspitzen hingen in der Luft.

»Komm doch zurück!«, sagte ich. »Daddy schießt nicht mehr. Er hat es versprochen, und er hält immer sein Versprechen, Hund. Hu-und!«

Ich schloss die Augen und lauschte angestrengt nach einem Laut in der schwarzen Nacht. Nichts war zu hören, nur der eisige Wind, der durch die Wipfel der Kiefern fuhr.

Ich trottete in die Hütte zurück und rieb mir die schmerzenden Ohren.

»Daddy? Ich glaube, gekochtes Fleisch ist ihm lieber. Ich brate das Steak ein bisschen an. Vielleicht kommt er dann zurück.«

Daddy blickte von seiner Falle auf, die er reparierte. »Trödele nicht herum, Dessa Dean. Es wird Zeit, dass du ins Bett gehst. Wenn der Hund heute Abend nicht kommt, kommt er morgen. Er braucht bestimmt etwas Zeit, um sich zu beruhigen.«

»Ja, Daddy«, sagte ich und setzte die Pfanne so schnell ich konnte aufs Feuer.

Ein paar Minuten später ließ ich das angebratene Steak wieder in die Schüssel plumpsen und trug sie auf die Veranda. Diesmal ging ich sofort bis an den Rand und schwenkte den Fressnapf, den ich mit beiden Händen umklammerte, so weit in die Luft hinaus, wie es ging.

»Hund! Komm und friss! Es schmeckt gut und ist ganz für dich allein! Der Eintopf muss doch schon lange verdaut sein. Du hast bestimmt wieder Hunger. Nun komm schon, Hund!«

Ich blieb hoffnungsvoll stehen, solange es ging, aber mein Kopf sagte mir, dass der Hund nach dem Schuss weit, weit weggerannt und der Abstand inzwischen viel zu groß geworden war. Er konnte das Fleisch bestimmt nicht mehr riechen oder mich rufen hören. Wenn ich wollte, dass er mich hörte und keine Angst hatte, zurückzukommen und zu fressen, musste ich von der Veranda klettern – von der Veranda klettern und in die dunkle Nacht hinaustreten, mir meinen Weg durch die bittere Kälte bahnen und über eine lange Strecke Nichts bis an den Rand der Schlucht stapfen, wo der Hund verschwunden war.

Ich kniff die Augen zusammen, steckte den Kopf in die Schwärze und beugte mich mit den Schultern nach vorn. In meinen Schläfen pochte der Puls und mein Atem ging in kurzen Schnaufern.

»Dessa Dean, komm sofort wieder rein!«, dröhnte Daddys Stimme.

Ich drehte mich schnell um, rannte zur Tür, riss sie auf und warf mich in die warme, sichere, kleine Hütte.

Ein Gefühl der Erleichterung erfüllte mich von oben bis unten.

Und dann erfüllte Scham mein Herz und meinen Kopf, denn ich wusste, auch wenn Daddy nicht gerufen hätte, wäre ich dem Hund nicht hinterhergelaufen. Ich wusste, dass ich ihn nur wiedersehen würde, wenn er es von allein wagte zurückzukommen. Was war ich bloß für ein Angsthase!

Ich kroch ins Bett und rollte mich tief, tief unter dem Deckenberg zusammen, damit kein bisschen von mir zu sehen war. Im Kopf rief ich dem Hund immer und immer wieder zu, er solle zurückkommen. Ich sagte, ich könne ihn nicht holen, es ginge einfach nicht, und ich flehte ihn an, nach Hause zu kommen und mein Freund zu sein.

Selbst als ich anfing, von einhundert rückwärts zu zählen, was furchtbar langweilig ist, konnte ich nicht einschlafen. Ich wälzte mich herum und warf mich hin und her. Als Daddy die Petroleumlampe gelöscht und sich auf seinem Bett ausgestreckt hatte und sein erster Schnarcher zu hören war, wickelte ich mich aus den Decken. Im Bauch des Ofens war nur noch Glut und die Holzdielen des Fußbodens waren kalt unter meinen nackten Füßen, als ich durch die Hütte zur Tür schlich. Auf Zehenspitzen waren es vierzehneinhalb Schritte.

Ich schloss die Finger um den kalten Stahl des Riegels, hob ihn hoch und hielt die Luft an, als es klirrte. Es klang furchtbar laut in der Stille. Aber als Daddy tief ausatmete, wusste ich, dass ich ihn nicht geweckt hatte. Daddy machte viele verschiedene Geräusche, wenn er schlief, und ich kannte alle. Eines Nachts, als Mama noch lebte, machte er plötzlich ein neues Geräusch – ein Schnaufer mit dem Wort »tu« darin. Als ich das im Dunkeln zum ersten Mal hörte, musste ich kichern, und Mama kicherte auch. Sie kroch aus dem Bett und zündete eine Kerze an, nahm meine Hand und führte mich zu Daddy, und wir beobachteten ihn eine Weile. So habe ich herausgefunden, wie all diese Geräusche entstanden. Die »Paffs« kamen, wenn er durch den Mund ausatmete, aber die Lippen geschlossen hielt. Die Lippen flogen kurz auf und schlossen sich wieder. Die lauten Schnarcher entstanden, wenn er gleichzeitig durch Mund und Nase einatmete. Normalerweise weckten sie ihn und er drehte sich um. Manchmal musste er dabei auch husten.

Ich schlüpfte auf die Veranda und zog die Tür hinter mir zu. Nur ein winziger Fleck des Holzbodens war ohne Eis, und ich musste von einem Fuß auf den anderen treten. Der eisige Wind fuhr durch mein Nachthemd, so scharf wie das Messer, mit dem Daddy die Tiere häutete.

»Hund!«, flüsterte ich. »Huund, komm her!«

Etwas raschelte unter einem Wacholderbusch neben der Veranda. Mein Herz machte einen hoffnungsvollen Satz. Ich starrte in die Schwärze, aber meine Ohren sagten mir bereits, dass es etwas viel Kleineres war als der Hund, nach dem ich suchte.

Ein Waschbär watschelte hervor und streifte mich mit einem flüchtigen Blick, bevor er hinter der Hütte verschwand.

»Hund!«, rief ich noch einmal, aber es kam keine Antwort.

Meine Füße waren so kalt, dass ich es kaum fertigbrachte, auf Zehenspitzen in die Hütte zu schleichen, und meine Finger waren so steif, dass der Türriegel laut klirrte, als ich ihn herunterdrückte.

Daddy drehte sich um.

»Geh ins Bett«, knurrte er.

Das tat ich, und nach einer Weile unter den Decken war mir wieder ganz warm, aber ich schlief immer noch nicht. Ich merkte, dass Daddy friedlich weiterschlummerte, und so schlich ich mich noch einmal durch die Hütte, hob den Riegel und quetschte meine Füße in den winzigen Kreis blanken Holzes auf der Veranda.

»Huund! Hu–«

Bevor ich zu Ende gewispert hatte, sprach Daddys Stimme ein Machtwort.

»Dessa Dean!«

Ich lag wieder unter den Decken und wünschte mir ganz fest, dass ich einschlief, damit mein Herz endlich zur Ruhe kam und nicht mehr hoffte und wehtat, als plötzlich eine Diele auf der Veranda knarrte. Es klang wie das Brett mit meinen Geburtstagskratzern und stöhnte unter dem Gewicht von etwas Schwerem – etwas viel Schwererem als ein Waschbär. Ich schwöre, ich hörte, wie sich der Hund auf den Boden setzte und mit dem Schwanz über den eisigen Schnee wischte.

Ich krabbelte schnell aus dem Bett, wie eine Spinne, die Gefahr wittert, und dieses Mal brauchte ich nur *neun* Schritte auf Zehenspitzen bis zur Tür, weil ich so schnell war.

Ich öffnete sie einen Spalt und spähte hinaus.

Nichts.

»Hund! Hund!«, flüsterte ich.

Zu laut.

»Dessa Dean, wenn du noch einmal aufstehst, versohl ich dir den Hintern!«

Ich stand nicht wieder auf.

13 ∽ 12 × 8

Als es endlich Morgen wurde, war Daddy schlecht gelaunt. Das merkte ich daran, wie er die Decken am Fußende seines Bettes zurückschlug. Ich hielt die Augen im fahlen, grauen Licht halb geschlossen und stellte mich schlafend. Daddy seufzte gequält, setzte sich auf die Bettkante und rieb sich die Augen. Er schien kaputt zu sein, bevor der Tag richtig begonnen hatte, und es tat mir leid, dass ich ihn wach gehalten hatte.

Trotzdem freute ich mich, als er seine Hose über die lange Unterhose zog, seine Füße in die Stiefel steckte und die Tür aufstieß. Vielleicht entdeckte er draußen ja den Hund oder wenigstens ein paar frische Pfotenabdrücke.

Ich hielt den Atem an, aber seine Füße blieben nicht stehen. Sie stiegen von der Veranda hinunter und entfernten sich von der Hütte.

Selbst als Daddy wieder da war, das Feuer im Ofen schürte und dicke Speckscheiben vom Truthahn zum Brutzeln in die Pfanne legte, tat ich noch, als ob ich schlief. Als er mit dem Löffel klappernd im Honigtopf rührte, stellte ich mir vor, wie er die goldene Süßigkeit dick auf eine große Scheibe Brot strich, aber ich blieb still liegen. Als mein Bauch knurrte und wollte, dass ich aufstand und ihn füllte, blieb ich weiter unter den Decken und atmete tief ein und aus, damit Daddy auch wirklich glaubte, dass ich schlief.

Ich wollte nicht nur seinem strengen Blick entgehen. Ehrlich gesagt hatte ich überhaupt keine Lust, den Tag zu beginnen. Nicht, wenn der Hund immer noch fort war. Selbst unter den Decken kam mir die Hütte größer und leerer vor als in der kurzen Zeit, in der die vordere Hälfte des Hundes drinnen gewesen war. Er hatte die Hütte ausgefüllt und auch mein Herz, und jetzt fühlten sich beide wie ausgehöhlt an.

Nach einer Weile leiser Kaugeräusche hörte ich, wie Daddy sein Frühstücksgeschirr ins Waschbecken stellte und seine weichen Hemdsärmel in die Arme seiner Hirschlederjacke glitten, als er sich fertig machte. Ich hörte, wie die eisernen Fallen klirrend aneinanderschlugen, als er sie vom Fußboden hob. Zum Schluss kam Daddy an mein Bett. Eine Minute lang lag sein Schatten auf meinem Gesicht. Dann stapften seine Stiefel davon, die Hüttentür knarrte, ein eisiger Wind fegte über meine Wange, und Daddy war unterwegs, den Berghang hoch.

Es war der rumpelnde Bauch, der mich schließlich überredete, das Bett zu verlassen. Das Rumpeln und meine Schulaufgaben, die ich zu erledigen hatte. Und die Gewissheit, dass ich von Daddy mehr zu erwarten hatte als einen strengen Blick, wenn ich am Ende des Tages immer noch im Bett lag. Aber vor allem war es der winzige Hoffnungsschimmer, dass der Hund vielleicht doch noch auftauchte, der mich auf die Beine brachte.

Ich schaute aus dem Fenster auf die Veranda, aber der Hund war nicht da. Also beschloss ich, mich sofort um meinen Hunger zu kümmern. Auf dem Tisch neben dem Waschbecken lagen drei knusprige Scheiben Speck auf einem Teller neben einem extra dicken Stück Brot. Das Brot war von einem Ende bis zum anderen dick mit Honig bestrichen, genau so, wie ich es mochte. Damit wollte mir Daddy wohl sagen, dass er mir nicht mehr böse war – mir wurde ganz warm ums Herz, und ich musste lächeln.

Gleich erschien mir der Tag viel hoffnungsvoller. Ich zog die oberen beiden Decken vom Bett und legte eine in einen schönen großen Fleck Sonnenlicht auf dem Boden. In die andere Decke wickelte ich mich ein. Während ich mein Frühstück aß und ein Sonnenbad nahm, schrieb ich in mein Heft, was ich für den Rest des Tages vorhatte.

1) *Anziehen.*
2) *Einmummeln.*
3) *Auf die Veranda gehen und den Hund rufen.*
4) *Rechtschreiben üben.*
5) *Einmummeln.*
6) *Auf die Veranda gehen und den Hund rufen.*
7) *Rechnen üben.*
8) *Einmummeln.*
9) *Auf die Veranda gehen und den Hund rufen.*

Als ich zum ersten Mal auf die Veranda ging, fiel mein Blick sofort auf ein Häufchen Schuppen von Kiefernzapfen. Es war ein ganz schön großes Häufchen mitten in einem sonnigen Fleck. Irgendjemand hatte sein Frühstück genossen und sich in der Sonne gewärmt, genau wie ich. Ich machte einen Schritt darauf zu und sah, dass das Häufchen von einem Eichhörnchen stammte; das konnte ich an den winzigen Abdrücken der Hinterpfoten erkennen. Fünf Zehen, drei in der Mitte eng nebeneinander und jeweils eine auf beiden Seiten, kein Fersenabdruck. Dort hatte es am frühen Morgen im Sonnenschein gesessen und die Schuppen von fünf Kiefernzapfen gestreift, um an die winzigen, schmackhaften gelbbraunen Kerne zu kommen, die sich an die Oberseiten der Schuppen schmiegten.

Vom Hund jedoch keine Spur. Ich schaute auf das Lager, das er sich am Tag zuvor getrampelt hatte und das jetzt vereist und verlassen dalag. Ich wurde traurig. Die Pfotenspuren waren alt und zeigten nur an, was der Hund am Vortag getan hatte. Er war nicht zurückgekommen.

Trotzdem rief ich nach ihm. Das war schließlich mein Plan. Aber nur eine Kohlmeise antwortete.

»Ho-ham«, rief sie.

Und genauso fühlte ich mich.

Ich ging wieder ins Haus und träumte bei meinen Rechtschreibübungen vor mich hin. In allen meinen Hundesätzen unterstrich ich die Tuwörter und schrieb über jedes ein V für »Verb«. Aber während meine Finger schrieben, dachte der Rest von mir an das schöne, weiche Fell des Hundes und die Kratzgeräusche, die seine Krallen an der Tür gemacht hatten, als er sich mir vorgestellt hatte.

Nachdem ich mit den Verben fertig war, malte ich einen Kreis um das Hauptwort in jedem Hundesatz und schrieb ein S für »Substantiv« darüber. Aber während meine Hand Kreise malte und hier und da ein S hinschrieb, dachte ich immer nur daran, wie schön es wäre, frühmorgens aufzuwachen, meine Hand unter den warmen Decken hervorzustrecken und als Erstes weich und freundlich von dem Hund die Hand geleckt zu bekommen.

Als ich zum zweiten Mal auf die Veranda ging, war die Luft kälter und es schneite. Ich zog die kratzige Wollmütze noch tiefer ins Gesicht.

»Hund! Hu-und!«

Nicht einmal eine Meise antwortete. Alle Tiere versteckten sich vor dem Sturm. Trotzdem suchten meine Augen die Schlucht und dann den Waldrand ab, in der Hoffnung, durch den weißen Schleier der Schneeflocken einen fedrigen Schwanz oder eine rote Halskrause zu entdecken.

Als ich wieder ins Haus stapfte, um Rechnen zu üben, zitterte ich vor Kälte, und meine Hoffnung sank.

Was Daddy mir aufgegeben hatte, munterte mich wieder auf. Ich sollte mir Geschichten ausdenken, mit denen ich bewies, dass ich mein Einmaleins richtig konnte. Mit der 12 ist das am schwierigsten. Wirklich wahr. Ich glaube, die Zwölferreihe ist deshalb so schwer, weil man schon ziemlich erledigt ist, wenn man es von der 1 bis zur 11 geschafft hat. Aber ich stürzte mich begeistert auf die 12, denn es war wieder eine Gelegenheit, mich mit dem Hund zu beschäftigen.

Wenn ein Mädchen von meiner Größe zwölf Schritte braucht, um vom Holzofen bis zur Tür zu gehen und nach dem Hund zu schauen, und nur ein Mal geht – wie viele Schritte braucht sie dann? Die Antwort ist zwölf, und die Aufgabe beweist, dass 12 × 1 = 12.

Am Anfang ging es bei allen Aufgaben, die ich erfand, darum, wie viele Schritte man braucht, um nach dem Hund Ausschau zu halten, aber bei 12 × 4 wurde es langweilig. Also überlegte ich mir etwas anderes.

Wenn der Hund zwölf Tage lang bei mir bleibt und mich so glück-

lich macht, dass ich jeden Tag von einem Ohr zum anderen strahle, und wenn der Hund acht Mal zwölf Tage lang bei mir bleibt – an wie vielen Tagen würde ich strahlen? Die Antwort ist 96, und die Aufgabe beweist: $12 \times 8 = 96$.

Als ich bei 12×12 angekommen war, hatte ich mich so in die Hundegeschichte hineingesteigert, dass ich keine Minute länger sitzen bleiben konnte. Ich zog mir also ein bisschen zu früh den Mantel an und ging auf die Veranda.

Der Himmel war dunkelgrau. Der Wind heulte fürchterlich und blies den Neuschnee seitwärts, so dass ich nicht einmal die ersten Wacholderbüsche erkennen konnte. Auch der alte, gefrorene Schnee wurde aufgewirbelt, und die Eisstückchen brannten so auf meinen Wangen, dass meine Augen tränten.

Meine Aufregung ließ nach. Niemals würde der Hund mich durch das Heulen des Windes hören können, und er würde mich durch den quer treibenden Schnee auch nicht sehen können, sogar wenn er nach mir Ausschau hielt. Meine einzige Chance war, eine Botschaft an seine Nase zu schicken, und das würde nur funktionieren, wenn der Hund noch in der Nähe der Schlucht war, in der Richtung, in die der verflixte Schneesturm blies.

Ich stapfte in die Hütte zurück und schlug die Tür zu. Dann schürte ich das Feuer, um das Fleisch aufzuwärmen, und mich selbst auch.

Bevor ich mit dem Fleisch wieder aus der Tür trat, blickte ich in den Himmel. Wolken wälzten sich durch die Bäume heran und näherten sich der Hütte wie riesige, formlose Gespenster. Plötzlich fühlte ich mich viel zu klein und schwindlig, weil ich nichts sehen konnte, was fest und verlässlich schien, nur die rollenden, hetzenden, geisterhaften Wolken, die immer näher kamen.

Und der Hund? *Ach, der Hund.* Ich horchte tief in mich hinein und suchte nach meiner sturen Ader. Es dauerte lange, bis ich sie fand, denn all meine Unsicherheiten hatten sich darübergelegt. Aber sie war da und wartete, und ich zog sie mit aller Kraft hervor. Meine Sturheit schubste meine wackligen Beine auf die Veranda. Das Licht war so trüb, dass ich nicht sehen konnte, ob ich auf die Wolfskopfplanke oder das Brett mit den Geburtstagskratzern trat.

Weiter, weiter bis zum Rand schlich ich, die Schüssel ganz weit von mir gestreckt. Ich hielt sie in die Schneeluft hinein, vorbei an der letzten Planke, hinaus nach Westen und dann nach Süden. Besonders heftig schwenkte ich sie nach Osten, in Richtung der Schlucht.

Ich spitzte die Ohren. War da ein Heulen? Gebell oder Jaulen? Pfoten, die über verkrusteten Schnee trabten?

Nichts.

Nur ich und der Wind und die gespenstischen Wolken.

14 Siebenundvierzig Tage

»Wach auf! Dessa Dean? Wach auf!«

Ich öffnete die Augen. Alles war pechschwarz, und ich hörte Daddys Stimme, ganz besorgt, die mich aufweckte.

Es dauerte eine Weile, bis ich wusste, wo ich mich befand und ob es Tag oder Nacht war. Dann fiel mir ein, dass ich vergeblich den Hund gerufen hatte, wieder in die Hütte gegangen war und mich unter die Decken gelegt hatte, um mich zu wärmen. Daddy war anscheinend vom Fallenstellen zurück, und es war Zeit fürs Abendessen. *Oje*, dachte ich.

Ich setzte mich auf und streckte mich.

»Geht's dir nicht gut?«

Es klang, als ob Daddy mich eigentlich fragen wollte, ob ich verrückt geworden war, obwohl er mir versichert hatte, dass das nicht passieren würde.

Ich schüttelte den Kopf, obwohl er es im Dunkeln gar nicht sehen konnte.

»Nein, Daddy. Mir ist nur kalt geworden, als ich draußen den Hund gerufen habe. Ich hab mich unter den Decken verkrochen und bin anscheinend eingeschlafen.«

»Ach so.« Es klang erleichtert.

»Er ist nicht zurückgekommen«, sagte ich. »Der Hund ist

nicht zurückgekommen.« Ich merkte, dass meine Stimme vorwurfsvoll klang, obwohl ich das nicht wollte.

»Ich glaube nicht, dass ein Hund mit einem Funken Verstand bei diesem Schneesturm da draußen herumläuft«, sagte er. »Er kauert wahrscheinlich irgendwo und wartet erst mal ab. Bestimmt taucht er morgen wieder auf.«

Aber ich konnte heraushören, dass er sich da nicht so sicher war.

Daddy tätschelte die Decke über meinem Knie.

»Dessa Dean, weißt du eigentlich, dass bald Weihnachten ist?«

Ich musste ganz schnell schlucken und blickte durch die Dunkelheit hoch in sein Gesicht.

»Ja, Daddy. Aber ohne Mama – gibt es da dieses Jahr überhaupt Weihnachten?«

Die Frage wog eine Million Pfund. Sie drückte meine Stimme zu einem winzigen Quieksen zusammen und schien Daddys Stimme ganz auszulöschen. Ich spürte, wie er zusammensackte, und die Dunkelheit lag schwer auf uns beiden.

Nach einem langen Seufzer kam seine Stimme zurück.

»Es ist trotzdem Weihnachten.« Es klang beinah streng. »Du magst das Fest doch so, Dessa Dean«, sagte er. »Wie deine Mama. Sie würde wollen, dass wir Weihnachten feiern.«

Dann schlang er seine Arme um mich.

»Lass uns die Weihnachtssachen holen und die Hütte schmücken!«

Etwas in mir tat weh, als ich an Weihnachten dachte, als ich an Weihnachten mit Mama dachte. Ich wollte den Schmerz aufhalten, bevor er zu schlimm oder zu groß wurde.

»Was ist mit dem Abendessen?«, fragte ich. »Ich muss kochen.«

Aber Daddy ließ sich nicht bremsen.

»Das Essen kann warten«, sagte er, schürte das Feuer, zündete die Petroleumlampe an und zog die Holztruhe, in der unsere Weihnachtsschätze lagen, neben seinem Bücherregal hervor.

»Und was ist mit meinen Zwölfen? Ich bin heute nur bis elf mal zwölf gekommen, Daddy. Schau dir das lieber mal an!«

Aber Daddy hörte mir überhaupt nicht zu. Er blies die dicke Staubschicht vom Deckel der Truhe und machte sie auf.

Unwillkürlich rückte ich näher, um besser sehen zu können. Ganz oben lag zusammengerollt der Adventskalender, den Mama vor langer, langer Zeit gebastelt hatte, als ich fünf Jahre alt war. Die Tage bis Weihnachten zu verfolgen war vor dem Fest mein liebster Zeitvertreib. Der Hintergrund des Kalenders bestand aus rotem Filz und war fast einen Meter lang. Daddy nahm den Kalender aus der Truhe und rollte ihn auseinander. An beiden oberen Ecken war eine schöne grüne Kordel befestigt, an der man ihn aufhängte, und auf das obere Drittel des roten Filzes hatte Mama kreuz und quer die Hälften von vierundzwanzig silbrig glänzenden Druckknöpfen genäht. Aus dem rotweiß karierten Stoff eines alten Tischtuchs hatte sie vierundzwanzig kleine Taschen gemacht und auf den unteren zwei Dritteln des roten Filzes angeheftet. Auf jede Tasche hatte sie ein Datum gestickt, vom ersten bis zum vierundzwanzigsten Dezember, und in jeder Tasche steckte ein Weihnachtssymbol, das Mama aus Stoffresten aus ihrem Nähkästchen gemacht und mit Watte ausgestopft hatte. An jedem Symbol war hinten die andere Hälfte eines

Druckknopfs. Weil ich zu Weihnachten schon x-mal alles durchgezählt hatte, wusste ich genau, dass es drei Könige aus lila Seide gab, drei Kamele aus beigem Cord, eine Truhe aus Jeansstoff für Weihrauch und Myrre, das Geschenk der Heiligen Drei Könige für das Christkind, drei flauschige weiße Schafe aus Watte vom Gemischtwarenladen in der Stadt, einen Schäfer aus Hirschleder mit einem braunen Pfeifenreiniger als Hirtenstab, drei Engel, reinweiß, aus hundert Prozent Baumwolle, dem Stoff, aus dem Mama unsere Kopfkissen genäht hatte, drei goldfarbene Leinentrompeten, einen aus glitzerndem Silberfaden gehäkelten Stern von Bethlehem, einen hirschledernen Esel und Ochsen, eine braune Filzkrippe, ein Christkind aus beigem Brokat, eine Maria aus himmelblauem Wollstoff und einen grünen Flanell-Josef. Sobald der Dezember kam, durfte ich jeden Morgen nach dem Frühstück den Schatz des Tages aus seiner Tasche holen und auf den roten Filz knipsen. Am Heiligen Abend hängte ich nichts mehr auf. Später, wenn Mama glaubte, dass Mitternacht vorbei war, schlüpften wir aus dem Bett und hefteten an seinem Geburtstag das Christkind an den Filz. Mama hatte schlauerweise alle Druckknöpfe so arrangiert, dass die Figuren ein richtiges Krippenbild darstellten. Maria und Josef standen neben der Krippe, das Christkind lag drin, der Esel und der Ochse waren hinter dem Josef festgemacht, die drei Könige standen mit gesenkten Köpfen in der Nähe und so weiter. Es war perfekt.

»Ich fürchte, ich weiß nicht, welches Datum wir haben, Dessa Dean«, sagte Daddy. »Um solche Dinge hat sich immer deine Mama gekümmert.« Er klang erschrocken über das, was er gerade gesagt hatte.

Ohne zu überlegen, platzte es aus mir heraus: »Heute ist der zwanzigste Dezember.«

Daddys Mund verzog sich zu einem breiten Lächeln.

»Wie kannst du da so sicher sein, Dessa Dean?«

Wie ich mir wünschte, meine Worte zurücknehmen zu können! Ich versuchte, über Daddys Frage einfach hinwegzugehen, indem ich das Thema wechselte.

»Ich habe überlegt, ob ich zum Abendbrot nicht ein paar Mais-Muffins backen soll.«

Aber er ließ die Sache nicht einfach auf sich beruhen. Ich war nicht die Einzige mit einer sturen Ader.

»Dessa Dean? Woher weißt du so genau, welcher Tag heute ist?«

Mir blieb nichts anderes übrig, ich musste es ihm sagen. Ich holte tief Luft, und dann sprudelte es aus mir heraus. »Heute vor siebenundvierzig Tagen ist Mama erfroren. Am dritten November. Also ist heute der zwanzigste Dezember.«

Es war, als ob mit diesen Worten die ganze Eisluft des Winters in die Hütte geströmt wäre und *uns* erfrieren ließ.

Eine dröhnende Stille hing über uns, so laut, dass ich glaubte, mir würde das Trommelfell platzen. Ich bekam kaum noch Luft und merkte, wie sich ein Albtraum auf mich stürzte. Ich schleuderte Daddy einen steifen Arm entgegen und spürte, wie er mich packte und auf seinen Schoß zog. Er hielt mich ganz fest, und der Schmerz, den meine Worte ausgelöst hatten, brannte sich in meinen Knochen ein.

Viel, viel später, als die Flamme der Petroleumlampe erst geflackert hatte und dann ausgegangen war und nur noch

Glut im Ofen leuchtete, trug mich Daddy zu meinem Bett. Er legte mich darauf und zog die Decken bis an mein Kinn. Daddy schimpfte nicht, weil ich keine Mais-Muffins gebacken hatte, er schimpfte auch nicht, weil ich gar nichts zu essen gemacht hatte, und erst recht nicht, weil ich die Zwölferreihe vom Einmaleins nicht fertig gerechnet hatte. Mit seinen rauen Fingern wischte er mir ganz sanft die Tränen aus dem Gesicht und ging zu seinem eigenen Bett hinüber. Als er sich setzte, knarrte das Gestell, seine Stiefel fielen einer nach dem anderen polternd zu Boden, ein langer Seufzer entwich aus seinem Herzen hoch in die Dunkelheit, und dann schlief ich ein.

15 ❧ *Engel*

»Dessa Dean! Wach auf, Mädchen, wach auf!«

Daddys Stimme rüttelte mich wach. Mein Herz machte einen Sprung, weil sich alles zu wiederholen schien. War ich in einem Albtraum stecken geblieben?, fragte sich mein verschlafenes Gehirn. Was, wenn Daddy mich immer wieder weckte, um mir zu sagen, dass bald Weihnachten war, und was, wenn ich von jetzt an für immer auf dem Adventskalender die Tage zählte, die Mama schon tot war? Ich kniff die Augen zusammen und versuchte, alles im Dunkeln zu lassen.

»Dessa Dean, wach endlich auf!«

Daddy klang sehr groß. Ich hob die Augenlider und erwartete, nur Dunkelheit zu sehen. Aber da war Daddys Gesicht, und Daddy lächelte. Grinste. Ich war sehr erleichtert. Wenn ich seine Zähne sah, dann hieß das, es war Morgen, der gestrige Abend war vorbei und ein nagelneuer Tag war angebrochen.

»Steh schnell auf und komm!« Daddy zog mir die Decken weg. Ich rollte mich zusammen und versuchte, mich vor der Kälte zu schützen.

Daddy ging zur Tür, und ich schlurfte barfuß hinterher. Er riss die Tür weit auf. Eiskalte Luft schlug mir ins Gesicht und an die nackten Beine. Ich zog mir die kratzige Wollmütze über die Ohrläppchen. Meine Kniescheiben schlugen aneinander.

»Schau doch, Mädchen – da!«

Daddy zeigte mit dem Finger in den Schnee auf der Veranda.

Mein Blick war immer noch verschwommen. Verschlafen schaute ich durch meine Augenschlitze ins trübe Licht der Morgendämmerung. Ich sah nichts, was sich anzusehen lohnte.

»Was?« Etwas Besseres fiel mir nicht ein.

»Mach die Augen richtig auf und schau! Dein verflixter Hund war wieder da!«

Im Nu war ich hellwach. Blitzschnell war ich auf allen vieren. Es gab tatsächlich neue Spuren von Hundepfoten, quer über die Veranda. Der Hund war darauf hin- und hergelaufen, hin und her. Und da, wo er sich hingelegt hatte, war wieder der Schnee geschmolzen. Er war zurück! Der Hund war wieder da!

Die Stimmung in der Hütte wurde ausgesprochen fröhlich. Fast wie an einem der besonderen Tage, an denen Mama, Daddy und ich durchs Haus gesaust waren, um alles Nötige zu erledigen, bevor wir uns zu einem Einkaufsbummel in die Stadt aufmachten.

Daddy stürzte sich mit Eifer auf seine morgendlichen Aufgaben, schnitt die tägliche Fleischration ab, briet Frühstücksspeck. Und er schleppte, ohne dass ich etwas zu sagen brauchte, vier Armvoll Holz herein statt der üblichen zwei. Ich stand die ganze Zeit draußen auf der Veranda, hopste von einem kalten Fuß auf den anderen und rief nach dem Hund.

Aber er kam nicht.

»Er kommt nicht«, sagte ich, als ich die Kälte keine Sekunde länger ertragen konnte, ging schnell hinein und stellte mich mit dem Rücken an den Ofen.

»Sicher nicht, solange ich da bin. Er wird sich an den Schreck erinnern, den ich ihm eingejagt habe.« Daddy drehte den Speck in der Pfanne um. »Wenn ich fort bin, kommt er bestimmt zurück. Es wäre vielleicht eine gute Idee, was zum Frühstück für ihn bereitzuhalten. Ich habe eine Scheibe Wild für ihn mit reingebracht, die du im restlichen Fett anwärmen kannst. Selbst für einen großen Hund aus der Stadt wäre das ein Festmahl.«

Kaum war Daddy zwischen den Kiefern und Wacholderbüschen verschwunden, zog ich mich warm an, lief schnell auf die Veranda und brüllte weiter. Auch wenn der Hund nicht sofort angelaufen kam, verlor ich nicht den Mut, denn ich wusste, es würde nicht lange dauern, bis ich ihn wieder zu sehen bekäme.

Ich hielt es für das Beste, mich gleich an meine Schulaufgaben zu machen, damit ich später mehr Zeit für den Hund hatte. Also schob ich den Holztisch an den Ofen, ließ mich auf einen Stuhl plumpsen und schlug in meinem Schreibheft eine neue Seite auf.

Ich gab mir die größte Mühe, mich zu konzentrieren, aber mein Hirn wollte einfach nicht mitmachen. Es war draußen auf der Veranda und wartete, wollte sehen, wie der Hund durch den Schnee gesprungen kam. Auch meine Ohren waren abgelenkt; sie strengten sich gewaltig an, auch das kleinste Geräusch draußen zu hören. Wenn sie gekonnt hätten, wären sie mir sicher gern vom Kopf gesprungen und zur Tür gerollt. Selbst meine Augen wanderten immer wieder fort vom weißen Papier, und irgendwann erlaubte ich es ihnen seufzend, im Raum umherzustreifen.

Sie wanderten hinüber zur Weihnachtstruhe, die immer noch offen auf dem Fußboden stand. Und plötzlich, während ich so auf die Truhe starrte, bekam ich große Lust, doch die Hütte zu schmücken. So könnte ich dem Hund zeigen, wie froh ich war, dass er zurückgekommen war. Es wäre eine Art F-e-i-e-r-l-i-c-h-k-e-i-t.

Ich kniete mich neben den Adventskalender und strich mit den Fingern über die rotweiß karierten Taschen. Dabei war ich so gut gelaunt, dass mich der Kalender wieder richtig glücklich machte, wie Mama es gewollt hatte. *Heute*, dachte ich, *ist der einundzwanzigste Dezember, der Tag der Rückkehr des Hundes.* Ich zog ein Baumwollschaf aus der einundzwanzigsten Tasche und knipste es an den oberen Rand des roten Filzes. Ich musste lächeln, als ich es sah, und schnell wie der Wind befestigte ich alle Schätze der vorangegangenen Tage, vom zwanzigsten bis zum ersten Dezember. Als ich fertig war, befanden sich alle – der Esel, der Ochse, zwei Schafe und ihr Hirte, zwei Engel mit Trompeten, ein König und die Krippe des Christkinds – am richtigen Platz.

Ich nahm meinen Mantel vom Nagel neben der Tür und warf ihn über die Stuhllehne. Dann hängte ich die geflochtene Kordel des Kalenders über den Nagel. Ich trat zurück und bewunderte Mamas Kunstwerk, so wie ich es früher immer und immer wieder getan hatte.

Dann ging ich zurück zur Truhe, denn es gab noch anderen Weihnachtsschmuck, den ich hervorholen wollte. Der nächste

Schatz, auf den mein Blick fiel, war ein Päckchen, das ungefähr so groß wie Mamas Kastenbackform war. Es war in grünen Samt eingeschlagen. Mama hatte für diesen Samt im Laden in der Stadt eine Menge Geld ausgegeben, weil das Ding, das er einwickeln sollte, so kostbar war.

Ich griff nach dem Samtbündel, und mit dem Schmerz, der in mir hochkroch, vermischte sich eine Sehnsucht, die doppelt so groß war. Ich streichelte den dicken, weichen Samt und konnte den Blick nicht von dem Stoff wenden, der dunkel und dann wieder hell wurde, als meine Finger zuerst gegen den Strich und danach mit dem Strich darüberfuhren.

Ich nahm das Bündel aus der Truhe und legte es auf den Fußboden. Vorsichtig und langsam löste ich die ordentlichen Schleifen – eine oben, eine in der Mitte und eine unten –, die Mama im vergangenen Jahr nach Weihnachten um das Päckchen geschlungen hatte.

Sogar die Luft im Raum erschien mir feierlich und andächtig, es war fast wie in der Kirche. Ich nahm das Päckchen vorsichtig in die Hand und wickelte es aus. Der Stoff rollte über den Holzboden wie ein schmales Stück Wiese, das dem Ofen entgegenwuchs. Nach vier vollständigen Umdrehungen lag der Samt flach ausgebreitet da und am Ende des Tuches war der Schatz, den es geschützt hatte: ein wunderschöner Engel aus einem dicken Stück Nusskiefer. Daddy hatte ihn für Mama zu Weihnachten geschnitzt, lange bevor ich geboren worden war. Jedenfalls hat Mama mir das erzählt, und ich habe es immer geglaubt. Daddy habe ewig lang nach dem richtigen Stück Holz gesucht, erzählte sie – eines, das keine Holzwurmtunnel hatte und keine

Astlöcher. Als er es gefunden hatte, schnitzte er einen vollkommenen Engel daraus.

Solange ich denken konnte, habe ich Mama jedes Jahr – kaum dass der erste Schnee gefallen war – in den Ohren gelegen, den Engel aus der Truhe zu holen. Und nach Weihnachten habe ich immer gebettelt, ihn nicht gleich wieder wegzupacken.

Seine Haut war ein Strudel aus hellem und etwas dunklerem Braun. Die verschiedenen Farbtöne drehten sich umeinander, verschmolzen und lösten sich wieder, wie es bei Holz eben ist. Die Zehenspitzen der winzigen Füße standen auf einem runden Sockel. Ein Engelsgewand umhüllte die hübsche Gestalt und sah flauschig und bequem aus, genau so, als würde man es im Himmel gerne tragen. Ich strich mit den Fingerspitzen über die ausgebreiteten Flügel. Sie reckten sich dem Himmel entgegen, als ob der Engel zur Erde schwebte, als ob die Flügel gerade ein letztes Mal sanft geflattert hätten, um ihm beim Landen zu helfen. Und die Federn erst! So viele, viele, viele Federn hatte Daddy in jeden Flügel geschnitzt. Jedes Jahr versuchte ich sie zu zählen, und jedes Mal kam eine andere Zahl heraus. In einem Jahr hatte der Engel 47 Federn im rechten Flügel und 39 im linken. Im folgenden Jahr waren es 48 im linken Flügel und 52 rechts. Egal, wie viele es wirklich waren – jede Feder schmiegte sich genau neben, über und unter die anderen Federn. Alles passte so perfekt, dass ich mir immer dachte, wenn im wahren Leben nur eine einzige Feder verlorenginge, könnte der Engel sicher nicht mehr fliegen. Die nackten Engelsarme waren wie die Flügel weit ausgebreitet, als ob sie einen willkommen hießen, als ob sie gleich jemanden umarmen wollten. Die Zöpfe waren noch winziger und zarter als die Federn. Wie hatte Daddy das bloß geschafft? Auf jeder Seite des Kopfes waren drei gleiche Zöpfe, die alle im Nacken zu einem großen Dutt zusammengefasst waren. Mit den Fingerspitzen befühlte ich das Geflecht. Plötzlich fiel mir etwas auf, das mir bisher entgangen war: So hatte Mama die Haare zu besonderen Gelegenheiten getragen – auch Weihnachten. Daddy hatte dem Engel Mamas Haare gegeben. Und dann traf es mich wie ein Blitz; ich fragte mich, ob es sein könnte – und mein Blick fiel auf das Engelsgesicht. Auf Mamas Gesicht. Es war *wirklich* Mamas Gesicht. Wieso war mir das zuvor nie aufgefallen? Weil ich sie immer um mich hatte und ihr Gesicht jeden Tag sah! Jetzt erkannte ich, dass der Engel Mamas hohe Wangenknochen hatte. Die feinen Lippen bogen sich leicht nach oben, wie früher bei Mama, wenn sie gelächelt hatte. Und die Augen. Die Augen des Engels waren sanft und mandelförmig wie die eines Rehs. Genau wie bei Mama.

Tränen sprangen mir in die Augen und stürzten wild durcheinander über mein Gesicht, und eine schwere Decke der Trauer legte sich auf mich.

Aber dann, ganz plötzlich und bevor mich das Elend noch fester packte … kratzte es an der Tür.

16 Rückkehr

Ich war einen Augenblick ganz still. Meine Ohren summten, so angestrengt lauschten sie. Da war es wieder, das Geräusch. Ich lächelte so breit, dass mir die Wangen wehtaten. Ganz vorsichtig stellte ich den Engel auf das Bücherregal. Dann setzten sich meine Füße in Bewegung. Ich schlitterte über den Boden, mindestens zwölf Schritte weit. Mir kam in den Sinn, dass ich mich vielleicht bremsen sollte, um den Hund nicht zu erschrecken, aber das war unmöglich.

Statt klug und vorsichtig zu sein, riss ich die Tür auf und sprang auf die Veranda, ohne auch nur eine Sekunde lang daran zu denken, mir die Wollmütze über die Ohren zu ziehen.

Meine Augen waren ganz weit offen, um den Hund zu sehen, und die Winterluft traf sie mit voller Wucht. Sie schienen sich in kaltes Glas zu verwandeln, aber sie konnten immer noch sehen. Sie konnten den Hund immer noch sehen.

Was für ein Anblick! Es war, als ob ich eine von Mamas Buttercremetorten verschlang, oder besser gesagt: meine Augen waren es, die den Hund verschlangen. Sie sahen die großen braunen Hundeaugen, die sich so weiteten, dass das Weiße zu sehen war, als ich ihm vor die Füße sprang. Sein fedriger Schwanz wedelte einmal und senkte sich dann vor Schreck. Die vier riesigen Pfoten – die rechte Vorderpfote zuletzt – versuchten, auf der vereisten Veranda einen Halt zu finden, als er die Beine so anwinkelte, dass er sich jeden Moment umdrehen und wieder davonlaufen konnte.

»Oh, nein, nein! Bitte lauf nicht weg, lauf nicht weg!«, wisperte ich und kniete mich dabei hin, um kleiner und nicht so beängstigend auszusehen. Dann breitete ich wie der Engel die Arme aus.

Der Hund stand ganz still und hob die Schnauze, und seine Augen blickten in meine.

»Rruuu«, sagte er und sauste schnell wie ein Sommerblitz in meine Arme.

Seine Größe und sein Gewicht warfen mich um, bevor ich nur einen Mucks sagen konnte, und kaum dass ich auf dem Rücken lag, fing der Hund auch schon an, mir das Gesicht mit seiner weichen, warmen Zunge gründlich abzuschlecken. Ich drehte das Gesicht zur Seite, aber er ließ nicht von mir ab.

Endlich, nach einer ganzen Weile, schob ich ihn sanft, aber energisch zurück, damit ich mich aufsetzen konnte und auch noch was anderes als seine lange Samtschnauze zu sehen bekam.

Als ich saß, legte ich eine Hand auf seinen braunen Kopf und blickte ihm in die Augen. »Willkommen daheim«, sagte ich. Immer und immer wieder strich ich über seinen seidigen Kopf, die wellige Halskrause und seinen breiten Rücken entlang. Das war meine Art, ihn abzuschlecken.

Nachdem ich ihn lange gestreichelt hatte und wir uns aneinander gewöhnt hatten, stand ich ganz langsam auf und redete dabei ganz ruhig weiter. Dann machte ich ein paar Schritte zur Tür. »Komm mit rein, Hund«, sagte ich. »Da drinnen ist es schön warm.«

Der Hund erinnerte sich, fing wieder an zu wedeln und folgte mir ins Haus.

Ihm zuliebe ließ ich die Tür offen und *mir* zuliebe schürte ich das Feuer. Ich legte die Scheibe Rehfleisch zum erstarrten Speckfett in die Pfanne und wärmte eine köstliche Hundemahlzeit auf.

Es war deutlich zu sehen, dass er Hunger hatte. Während ich vor dem Ofen stand und die Pfanne auf der heißen Herdplatte hin- und herschob, um das Fett zu schmelzen, ging der Hund hinter mir auf und ab und gab kurze, winselnde Laute von sich. Als die Küchendüfte immer stärker wurden, setzte er sich auf die Hinterbeine und stupste mit seiner langen Nase in meine Kniekehlen. Seine großen braunen Augen lächelten, seine Zunge hing heraus, ein bisschen Sabber tropfte auf den Fußboden, und mit höflicher Stimme sagte er mir, ich solle mich beeilen.

»Wuff«, sagte er.

Ich konnte nicht anders, ich musste zurücklächeln und ich freute mich so, ich hätte platzen können.

Ich wälzte das Fleisch im Fett und schnitt es in mundgerechte Stücke, bevor ich es in seine Schüssel tat und ihm hinstellte.

Eine kurze Minute lang waren nur Kau- und Schlürfgeräusche zu hören, und dann – zack! – war die Schüssel so sauber, dass ich sie in den Schrank hätte zurückstellen können.

Der Hund sah mich an und klopfte mit dem Schwanz auf den Boden.

Gar keine Frage – er hatte immer noch einen leeren Bauch.

Jetzt war nur noch das Fleisch übrig, das Daddy für unser Abendessen abgeschnitten hatte. Ich wollte aber auf gar keinen Fall ihn und den Hund wieder gegeneinander aufbringen. Wenn ich dem Hund Daddys Abendessen vorsetzte, wären die beiden endgültig Feinde.

»Vielleicht hast du erst mal genug, mein Kleiner. Du willst dich doch nicht gleich am ersten Tag überfressen!«

Der Hund legte den Kopf auf die Seite und lauschte andächtig.

Er winselte.

Ich kaute eine Minute lang auf der Unterlippe herum und hoffte, dass mir was einfiel.

Dann hatte ich eine Idee. Ich lief zu unseren Vorratsregalen und nahm zwei Kartoffeln aus dem Korb.

Es war immer noch eine Menge Fett übrig, also viertelte und achtelte ich die Kartoffeln, tat sie in die Pfanne und rührte darin herum. Mit grauem Fett überzogen, konnte nicht einmal ich erkennen, dass es keine Fleischbrocken waren.

Falls der Hund die Sache durchschaute, war er zu höflich, um sich etwas anmerken zu lassen. Sekunden später leckte er die Pfanne aus.

»Dieses Mal meine ich es ernst«, sagte ich. »Wenn du weiterfrisst, verdirbst du dir den Magen. Vor allem, wenn es etwas ist, woran du nicht gewöhnt bist.«

Der Hund schien mir zuzustimmen, denn er fuhr noch ein letztes Mal mit der Zunge durch die Pfanne und ging dann zum Ofen.

Lange Zeit stand er reglos davor, als ob er sich überlegte, was als Nächstes zu tun wäre. Dann drehte er sich im Kreis, herum und herum, die Nase am Schwanz. Ich musste laut lachen, so lustig war es, ihm zuzuschauen. Als er mich lachen hörte, blieb er stehen und sah mich an, als ob *ich* etwas Seltsames und Albernes täte.

Nach kurzer Pause ging die Dreherei weiter, und während ich ihm in der Dämmerung zusah, wurde mir klar, dass der Hund nur tat, was er oder ein Kojote oder Wolf draußen in der Natur täte, wenn er sich ausruhen wollte. Er baute sich ein Lager, trampelte das hohe Gras der Prärie und der Wälder nieder und drückte es richtig schön flach, damit er bequem darauf liegen konnte.

Aber der Holzboden gab nicht nach. Der Hund hörte auf, sich zu drehen, und fing an, mit den Krallen auf den Dielen herumzukratzen. Dann knurrte er den Fußboden an, während er versuchte, darin zu wühlen. Ich glaube, der Hund war ziemlich aufgebracht, weil er nicht schaffte, was er sich vorgenommen hatte.

Am Ende schien er sich aber mit den Holzdielen abzufinden und ließ sich darauf nieder, legte die Schnauze auf die Vorderpfoten und stieß den tiefsten Seufzer aus, den ich je gehört hatte. Gleich darauf fing er laut zu schnarchen an.

Langsam schien es mir in der Hütte fast so kalt wie im Freien zu sein, und ich fragte mich, ob ich jetzt, wo der Hund fest schlief, die Tür schließen konnte.

Also schlich ich mich neuneinhalb Schritte auf Zehenspitzen quer durch den Raum und schob die Tür langsam zu – dieses verflixte Knarren!

Der Hund sprang auf seine vier Beine – die rechte Vorderpfote flach und schlaff – und stürzte zum Eingang.

Ich trat einen Schritt zurück und stellte mich zwischen den Hund und die Tür, breitete die Arme wie Schlagbäume aus und stieß das Erste hervor, was mir in den Kopf kam. »Schau mal«, sagte ich und zeigte auf den Adventskalender. »Siehst du das Schaf? Das Schaf ist der Schatz vom einundzwanzigsten Dezember. Ich hab es heute Vormittag festgemacht, zur Feier deiner Rückkehr. Alles ist gut.«

»Wuff!«, bellte der Hund und warf sich auf mich, die lange Nase drängte mich zur Seite, und dann kratzte er wie verrückt an der Tür.

»Hund – noch eine Kartoffel?« Ich gab nicht auf.

Aber der Hund wollte nichts davon hören. Er hatte furchtbare Angst und lief voller Panik die drei oder vier Schritte vor der Tür hin und her, stolperte über die eigenen Füße und jaulte jämmerlich. Immer und immer wieder, hin und her, und die ganze Zeit schnüffelte er an der Tür, stieß mit der Nase dagegen und kratzte an der Schwelle.

Ich beschloss, die Tür zuzulassen und abzuwarten, bis der Hund müde wurde, denn ich hätte es nicht ertragen, wenn er wieder verschwand. Aber in diesem Augenblick blickte er zu mir hoch, und ich begriff, dass er genauso dringend hinausmusste, wie ich den Schutz der Hütte brauchte. Er hatte seine Nase so fest an die Tür gepresst, dass eine Stelle ganz aufgeschürft war und sich am Ende ein winziger Blutstropfen zeigte.

Ich wollte das nicht, und meine Hände zitterten, als ich nach dem Riegel griff, aber ich hob ihn und wappnete mich, zusehen zu müssen, wie der Hund verschwand.

17 Weihnachtssterne

Aber er verschwand nicht. Sobald ich die Tür weit geöffnet hatte, setzte er sich vor mich hin, schaute mir in die Augen und sagte mir mit einem einzigen kräftigen Laut ordentlich die Meinung.

»Wuff!«

Das war alles. Er trottete wieder zum Ofen, drehte sich zweimal um sich selbst und ließ sich nieder.

Ich stand da und war sprachlos vor Überraschung. Dann hob ich die Schultern, stellte mich sogar auf die Zehenspitzen, ließ mich anschließend wieder auf die Fersen fallen und schürte das Feuer gegen die Kälte.

Der Adventskalender schien den Hund überhaupt nicht beeindruckt zu haben, aber ich dachte, bei offener Tür und nach einem Nickerchen würde er sich vielleicht doch noch dafür interessieren. Nachdem ich mich vor dem Feuer ein bisschen aufgewärmt hatte, ging ich an die Truhe, um den restlichen Weihnachtsschmuck hervorzuholen.

Jetzt waren nur noch die schönen Sterne übrig, die Mama aus den Böden und Deckeln der Blechdosen gebastelt hatte, in denen vorher Bohnen oder Pfirsiche gewesen waren. Zwei- oder dreimal im Jahr hatte Mama bei einem Ausflug in die Stadt mehr ausgegeben als sonst und ein paar Konserven gekauft. Daddy hatte dann immer geschimpft, dass sie zu teuer wären. »Du bringst uns noch ins Armenhaus, Josie«, hatte er gesagt. Dann hatte Mama gelächelt, so lieb sie konnte, und geantwortet: »Ach, John, denk doch nur an eine Schüssel voll süßer Pfirsiche! Außerdem ist bald Weihnachten, und wir brauchen neue Sterne zum Aufhängen.« Daddy hatte den Kopf geschüttelt und sich glänzende Fallen aus Eisen angesehen. Aber, um ehrlich zu sein, wir freuten uns alle, wenn es mal etwas anderes zu essen gab. Es war aufregend, etwas zu essen, das wir nicht selber angebaut hatten und das Daddy nicht gefangen oder geschossen hatte. Wenn wir abends wieder zu Hause waren, hat Mama ihr köstliches, krümeliges Maisbrot gebacken, eine große Dose mit roten Bohnen geöffnet und sie genau richtig gewürzt. Dann hat es ein Festmahl gegeben. Und zum Nachtisch haben wir die versprochenen Pfirsiche bekommen, die Mama uns in ihren vornehmen Porzellanschüsseln servierte.

Von den leeren Dosen hat Mama die Deckel und Böden abgeschnitten. Die Dosen benutzte sie im Garten als Schattenspender für zarte Pflänzchen oder um kipplige zu stützen, aber die kreisrunden Deckel hat sie in glänzende Sterne verwandelt. Mit ihrer Blechschere hat sie lange, dünne Streifen vom Rand bis zur Mitte geschnitten und sie dann so gedreht und gelockt, dass kein Mensch darauf gekommen wäre, dass das Ding früher mal flach und langweilig auf einer Blechbüchse gesessen hatte. Jedes Jahr hat Mama einen Deckel so bearbeitet, dass in der Mitte ein Knopf eingefasst war, wie ein Edelstein in einem Ring. Ich durfte immer in dem Glas herumwühlen, in dem sie

Knöpfe aufbewahrte, und einen aussuchen, der meiner Meinung nach in der Mitte eines Sterns am schönsten aussehen würde. Dann hat sie die Blechstreifen zu einem gemütlichen Nest gezwirbelt und gedreht, das den Knopf festhielt und wie einen Brillanten präsentierte.

Beim letzten Mal hatte ich einen grünen Knopf ausgesucht, der zu einem Kleid von Mama gehörte, das sie nicht mehr trug und in ihre Lumpensammlung getan hatte. Der Knopf war so groß wie eine Fünfcentmünze, aber rund wie eine Beere und mit glatter, leuchtend grüner Seide überzogen. Mama meinte, das sei eine gute Wahl. Sie hatte gelächelt und genickt, als ich ihr den Knopf zum Anschauen entgegenhielt.

Man musste sehr aufpassen, wenn man die Sterne anfasste. Sie waren zwar wunderschön, aber auch furchtbar scharf, und wenn man zu fest dagegendrückte, konnte man sich an den Metallrändern leicht die Finger schneiden. An jedem Stern war oben ein Faden befestigt, der farblich zum Knopf passte, wenn er einen hatte. Daran konnte man den Stern an ein Fenster hängen, wo er das Sonnenlicht einfangen und stundenlang leuchtende, tanzende Muster an die Wände und auf den Fußboden werfen würde.

Ich nahm den Stern mit dem grünen Knopf aus der Truhe und schlich mich auf Zehenspitzen dreizehn Schritte weit an dem Hund vorbei zu den Küchenschränken. Dort legte ich den Stern auf das Schneidebrett, damit ich mich nicht verletzte, sprang hoch und setzte mich neben den Stern. Ich nahm ihn am Faden hoch, streckte mich bis zu dem Nagel, der oben im Fensterrahmen steckte, und hängte ihn daran auf. Es war immer ein wunderbares Gefühl, die Sterne aufzuhängen, als ob ich selber bestimmen konnte, wie mein Himmel aussah. Und obwohl ich am richtigen Himmel nichts auszusetzen hatte, fand ich es doch sehr schön, meinen eigenen Himmel selbst zu schmücken. Jedes Jahr hängte ich unsere Sterne woandershin, und Daddy hämmerte, wo immer ich wollte, Nägel für die neuen Sterne, die Mama bastelte, in die Wände.

Als ich wieder zur Truhe ging, um einen neuen Stern zu holen, verharrte ich auf Zehenspitzen mitten im Raum. Mir fiel plötzlich ein, dass es in diesem Jahr keine neuen Sterne zum Aufhängen gab. Es würde nie mehr neue Sterne geben.

18 ꕥ *Schnell wie der Blitz*

Ich hörte mit dem Schmücken auf, weil meine Gedanken zu traurig und zu schwer geworden waren, um weiter in der Hütte herumzulaufen und Sterne aufzuhängen. Ich setzte mich auf einen Stuhl und betrachtete den Hund. Er seufzte zufrieden im Schlaf, und aus mir selber kam auch ein Seufzer.

Aber der Seufzer verwandelte sich. Ich musste kichern. Der Hund hatte die ganze Zeit friedlich und reglos dagelegen, aber jetzt fing er plötzlich im Schlaf zu laufen an. Alle vier Pfoten paddelten durch die Luft und zuckten, als ob der Hund etwas jagte, ein Kaninchen vielleicht. Oder umgekehrt – irgendwas jagte ihn. Auch seine Augenbrauen machten mit. Sie zogen sich zusammen und glätteten sich, dann zogen sie sich wieder zusammen. Die Nase zuckte, schnüffelte und schnüffelte. Es schien doch ein Kaninchen zu sein.

»Mmmm. Mm«, brummte der Hund und rannte weiter.

Seine Pfoten liefen jetzt schneller. Hoffentlich rannte er in dem Tempo nicht bergab. Daddy predigte immer, nie wie der Blitz einen Abhang hinunterzurennen, weil sich dabei die Beine verselbständigen konnten und es dann schwierig war, rechtzeitig anzuhalten.

Jetzt musste ich wieder laut lachen. Der Hund bellte zweimal gedämpft durch seine geschlossenen schlaffen Lefzen. »Wf! Wf!«, sagte er, als ob er es ernst meinte, und dann schlug er die Augen auf.

Er hob den Kopf und sah sich in der Hütte um. Er schien das Kaninchen zu suchen.

Dann fiel sein Blick auf mich.

Der Hund rappelte sich auf und streckte sich zweimal. Zuerst machte sich seine vordere Hälfte auf dem Fußboden lang und der hintere Teil ging in die Höhe, dann streckte sich sein Hinterteil, während sich die vordere Hälfte nach oben reckte.

»Auuuwuu«, sagte der Hund und gähnte mit weit aufgerissenem Maul. Er schaute mich an, schüttelte sich und trottete aus der Tür, bevor ich ein Wort herausbringen konnte.

Ich starrte auf den leeren Fleck, wo der Hund noch vor einer halben Sekunde gestanden hatte, zog mir die kratzige Wollmütze über die Ohren und flitzte auf die Veranda.

»Hund!« Ich drehte meinen Kopf so schnell hin und her, dass mir schwindlig wurde. Meine Augen waren wie Laternen, die über der Erde schwankten und den Hund suchten. Und nicht fanden.

»Hund, komm zurück! Komm sofort zurück! Hast du gehört? Hörst du mich, Hund?«

»Wuff.« Seine Stimme kam von der Rückseite der Hütte. Ich streckte mich über den Rand der Veranda und versuchte, um die Ecke zu spähen. Keine Spur von dem Hund.

»Huund!«, rief ich und legte eine Menge Begeisterung in meine Stimme. »Komm her! Komm!« Beim letzten »komm« versuchte ich stark und selbstsicher zu klingen.

»Wuff«, antwortete er wieder, und dann kam er schnell wie der Wind aus der entgegengesetzten Richtung herbeigelaufen. Ich erhaschte im Vorbeisausen einen Blick auf die Pfoten – die rechte, vordere kam flach auf, hielt aber gut mit, der Schwanz war wachsam in die Höhe gereckt –, dann verschwand der Hund wieder hinter der Hütte. Mein Herz fing an zu hämmern, denn für mich gab es nur eine Erklärung – der Hund wurde gejagt! Jeden Augenblick würde ein hungriger Bär oder ein Puma um die Ecke gerast kommen.

Ich ging ein paar Schritte zur Tür – aber ich konnte ihn doch nicht allein hier draußen lassen!

»Hund!«

»Wuff!«

Und da kam er schon wieder an, immer noch schnell wie der Blitz.

»Was zum Kuckuck?«, rief ich, als er vorbeiflitzte.

Noch dreimal sauste der Hund um die Hütte, wobei das kaputte Bein nach außen schlenkerte. Aber immer war er allein.

Schließlich warf er sich vor mir in den Schnee. Die Zunge hing ihm seitlich aus dem Maul und sein schneller Atem bildete Dampfwölkchen in der Kälte.

»Was ist denn bloß in dich gefahren?«

Ich ging in die Hocke, stützte meine Ellbogen auf die Knie und mein Kinn in die Hände und musterte den Hund. Ob er die Tollwut hatte, wie Daddy meinte? Aber er schäumte nicht aus dem Maul und sah auch nicht verrückt aus. Eigentlich kam er mir richtig fröhlich vor. Er sah aus, als ob er mich anlächeln wollte.

Dann reckte er das Hinterteil in die Höhe und wedelte wild mit dem Schwanz.

»Wuff«, sagte der Hund, stieß die Vorderpfoten in den Schnee und schlug weiter mit dem fedrigen Schwanz in die Luft.

Ich schüttelte den Kopf. »Ich weiß nicht, was du mir sagen willst. Komm, gehen wir rein ins Warme!« Ich stand auf, aber der Hund sprang nach hinten.

»Wuff.«

»Klar, du hast Recht, aber lass uns ins Haus gehen. Meine Ohren tun weh.« Als ich mich der Tür näherte, stürzte sich der Hund auf mich, packte den Saum meines Mantels mit den Zähnen und zog mich zurück. Ich drehte mich um. Da ließ er mich los, sprang von der Veranda und machte ein paar Schritte.

»Wuff! Wuff!«

Endlich begriff ich, was er wollte. Ich ging zur Tür, um zu prüfen, ob es stimmte – da kam der Hund wieder angelaufen und zog mich am Mantel. Der Hund wollte spielen! Er wollte Fangen spielen wie früher Mama und ich.

Ich jagte ihn über die Veranda, und er lief ein kurzes Stück weg. Als er sah, dass ich ihm nicht folgte, versuchte er mir Mut zu machen.

»Wuff.«

Ich wollte so gern von der Veranda springen und mit ihm spielen, aber als ich sah, wie weit weg er war, erstarrte ich. Ich senkte den Kopf und näherte mich rückwärts der Tür. Mit der Spitze meines Stiefels bohrte ich im Astloch der Wolfskopfplanke.

»Ich kann nicht«, sagte ich, und ich hörte, dass meine Stimme ganz leise und schwer war vor Scham. »Ich kann das nicht, du musst wieder zu mir heraufkommen.«

Der Hund setzte sich, legte den Kopf auf die Seite und versuchte zu begreifen, was ich eben gesagt hatte.

»Ich muss jetzt wieder rein.«

Sein Schwanz fegte über den Schnee. Ich ging zur Tür, und mein Herz wurde leichter, als ich hörte, dass der Hund hinter mir über die Veranda tappte und sich an meine Fersen heftete. Die lange Schnauze voraus, schob er sich an mir vorbei, um die Hütte als Erster zu betreten. Mit ernster Miene kratzte er vor dem Ofen auf dem Fußboden herum.

Als ich das sah, war ich unendlich erleichtert – es war, als ob sich eine weiche Decke ganz sanft über mich breitete. Der Hund hielt mich also nicht für verrückt, weil ich ihm nicht hinterherlaufen konnte und wieder ins Haus musste.

Es ging mir mit ihm ja genauso. Ich ließ die Tür weit offen und schürte das Feuer, dass es nur so knisterte.

19 Hiawatha?

»Kratzer?« Ich lag neben dem Hund und probierte wieder ein paar Namen aus. Er war vor dem warmen Ofen fest eingeschlafen und hatte bei keinem der Namen geblinzelt.

»Trampel? Springer? Hopser?«

Der Hund schnarchte.

»Brauner?«

Nichts.

»Mädel?«

Ich überlegte weiter und fragte mich, wo der Hund wohl hergekommen war. Das brachte mich auf die Idee, ans Bücherregal zu gehen. Ich dachte an ein Gedicht, das mir Mama oft stückchenweise vorgelesen hatte. Es war so lang wie ein ganzes Buch und von Henry Wadsworth Longfellow. Ich setzte mich neben den Hund auf den Boden und blätterte bis zu der Stelle, die ich ihm vorlesen wollte. Ich hob eines seiner Schlappohren an, damit er mich besser verstand.

»So reiste er westwärts, westwärts,
ließ den flinkesten Hirsch zurück,
ließ die Antilope und den Bison,
überquerte den rauschenden Esconaba,
überquerte den mächtigen Mississippi,

zog vorbei an den Bergen der Prärie,
zog vorbei am Land der Raben und Füchse,
zog vorbei an den Lagern der Schwarzfußindianer,
kam zu den Rocky Mountains …«

Ich wusste natürlich genau, dass der Hund kein Junge war, sondern eine Hündin, und für einen Indianer hielt ich ihn auch nicht, aber ich flüsterte ihm trotzdem den Namen ins Ohr.

»Hiawatha?«

Der Hund zuckte mit seinem seidigen Ohr, so dass es mir aus den Fingern glitt und wieder da lag, wo es hingehörte.

»Anscheinend doch nicht«, sagte ich und ließ den schlafenden Hund in Ruhe. Ich machte mir ein Honigbrot und übte dann lange Rechnen und Schreiben.

Der Hund schlief einfach weiter. Er schlief und schlief, als ob er sich ewig lange nicht mehr so wohl gefühlt hatte.

Am späten Nachmittag glitten Schatten über die Veranda und dann in die Hütte hinein, und der Abendhunger kroch in meinen Bauch. Ich fing an, Gemüse und Rehfleisch für einen neuen Eintopf zu schnippeln. Selbst der Geruch nach Essen weckte den Hund nicht auf. Ich nahm sogar den Deckel vom Topf und wedelte den würzigen Duft in seine Richtung, aber der Hund lag nur still da.

Ich stand auf und schaute auf das schlaffe Tier, und ein albtraumhafter Gedanke packte mich: Der Hund war tot. Genau wie Mama war er einfach gestorben, ohne Kampf. Mein Kopf begann sich zu drehen, meine Lunge wurde eng und ich schnappte mit kleinen Japsern nach Luft. Ich streckte die Hände nach dem

Tisch aus, denn meine Beine zitterten so, dass ich fürchtete, sie könnten mich nicht mehr tragen.

»Hund?« Meine Stimme konnte nur flüstern.

Der Hund antwortete nicht.

Ich sank auf die Knie und schaute ihm in der Dämmerung ins Gesicht.

»Oh, bitte, Hund. Sei nicht tot! Sei nicht tot!«

Als wir Nase an Nase waren, kam plötzlich tief aus seinem Inneren wütendes Geknurr. Der Hund sprang auf alle viere.

»Himmel!«, schrie ich erschrocken und fiel auf den Rücken, weil meine Beine vor Sorge so schwach geworden waren.

Der Hund beachtete mich nicht. Er sprang über mich hinüber, raste durch die offene Tür und meldete mit lautem Bellen, dass jemand kam.

Ich stand auf und lief hinter ihm her. Es dauerte eine Weile, bis meine Augen erkennen konnten, was der Hund mir schon gesagt hatte. Und richtig – da war Daddy und trat aus dem Wald auf die weiße Fläche. Während er vorwärtsstapfte, konnte ich sehen, dass sein Schlitten wieder fast leer war. Nun hatte er schon den zweiten Tag Pech gehabt und war bestimmt noch bedrückter.

Ich versuchte, den Hund zu beruhigen, aber der wollte nichts davon wissen. Wie zuvor rannte er hin und her und bellte und knurrte.

Daddy blieb stehen, hob den Kopf und schaute lange auf den Hund, bevor er weiterging.

Als der Hund an den Rand der Veranda springen wollte, packte ich ihn, hielt seinen Kopf in meinen Händen fest und schaute ihm ins Gesicht.

»Das ist deine letzte Chance, dich mit Daddy zu versöhnen. Sei still und benimm dich anständig!«

Der Hund versuchte, sich mir zu entwinden, um wieder losbellen zu können, aber ich hielt ihn fest. Seine braunen Augen schauten an mir vorbei, um Daddy im Blick zu behalten.

»Ich meine es ernst, Hund«, sagte ich. »Wenn du dableiben, fressen und in der Wärme liegen willst, musst du dich mit dem Mann dort anfreunden. Diesem Mann, der dort aus dem Wald kommt, hast du es zu verdanken, dass es dir neuerdings gutgeht.«

Die Zunge rollte aus seinem Maul und er fing an zu hecheln. Sicher war er unglücklich, weil er sitzen bleiben und mir zuhören musste. Bei diesem Gedanken wurde mir ganz weich ums Herz, denn mir ging es ja häufig genauso, wenn ich still dasitzen und Schularbeiten machen musste.

»Bitte«, sagte ich leise. »Ich möchte, dass du bleibst. Ich möchte es so wahnsinnig gern.«

Der Hund sah mich winselnd an. Dann setzte er sich neben mich und beobachtete, wie Daddy auf uns zustapfte.

Er blieb brav sitzen, aber als Daddy näher kam, entwand sich dem Hundehals ein leises, gleichmäßiges Knurren.

»Aus«, sagte ich, aber das machte keinen Eindruck auf ihn.

Als ich Daddys Gesicht deutlich erkennen konnte, rief ich hallo, was der Hund aber missverstand und für eine Warnung hielt.

»Wuff!«, bellte er und sprang auf. »Wuff! Wuff! Wuff!«

Ich legte meine Hände um die weiche Schnauze. »Still – lass das, Hund!« Ich sah ihn an und schüttelte den Kopf und blickte im gleichen Augenblick hoch, als Daddy die Veranda betrat und selber den Kopf schüttelte.

»Wuff! Wuff!«

»Wie ich sehe, ist der Hund wieder da«, brüllte er über den Lärm, den der Hund veranstaltete.

»Wuff! Wuff, wuff, wuff-wuff-wuff-wuff!«

»Ja, Daddy. Du hattest Recht.« Ich hielt die hohlen Hände an den Mund, damit ich besser zu verstehen war, und schrie: »Er war schon den ganzen Tag lang da!«

»Wuff.«

»Hund, ich finde, es reicht jetzt mit dem Gebell!« Daddys Stimme klang etwas gereizt.

»Wuff. Wuff-wuff.«

»Aus! Aus!«, sagte ich. »Er beschützt nur unser Haus, Daddy.«

»Wuff.«

»Hmm«, machte Daddy und ging an dem Hund vorbei in die Hütte.

20 Mit Jacke

Daddy blieb geduldig, als er beim Essen die Jacke an- und den Hut aufbehalten musste. Und er sagte auch nichts, als der Hund ununterbrochen knurrte. Er sprach kein einziges Wort. Vielleicht fand er das einfacher, als schreien zu müssen, um sich Gehör zu verschaffen.

Der Hund beruhigte sich erst, als ich ihm sein Fressen brachte. Danach ließ er sich auf den Boden fallen und machte es sich vor dem Ofen bequem.

Es lief also alles glatt, bis es Schlafenszeit war und Daddy ein Machtwort sprach.

»Die Tür muss nachts zu sein, Dessa Dean.«

»Ja, Daddy, aber ich glaube, der Hund regt sich furchtbar auf, wenn ich sie zumache.«

»Dann muss er auf die Veranda.«

»Aber Daddy, ich glaube, der Hund hat sich an die Wärme gewöhnt, und er mag es bestimmt nicht mehr, in der Kälte zu schlafen.«

»Spielt keine Rolle, was er mag oder nicht. Der Hund muss raus, und zwar sofort, und die Tür bleibt zu.«

Daddy ließ mir nicht die geringste Chance, darüber zu diskutieren.

Der Hund folgte mir arglos und fröhlich wedelnd auf die Veranda.

Ich nahm seinen Kopf in die Hände und sah ihn an.

»Hund, du musst heute Nacht auf der Veranda schlafen. Dort drüben, wo du schon mal geschlafen hast, auf deinem Lager. Morgen früh, wenn Daddy loszieht, kommst du wieder ins Haus und wärmst dich auf, und dann kriegst du auch was zu fressen. Bleib also schön hier, und gleich morgen früh sehen wir uns wieder.« Ich nickte dem Hund aufmunternd zu und umarmte ihn kurz, und bevor ich die Tür vor der Kälte zuzog, schaute ich ihn noch einmal lange an. Da saß er, den Kopf zur Seite geneigt, und beobachtete mich geduldig.

Als ich danach unter meinen Deckenberg kroch, schien alles geregelt zu sein.

Jedenfalls für eine Weile.

Dann kratzte es an der Tür.

Und dann jaulte es draußen.

»Dessa Dean, sorg dafür, dass der Hund ruhig ist!«

»Ja, Daddy.« Ich sprang aus dem Bett und sauste blitzschnell zur Tür. Ich achtete nicht einmal darauf, wie viele Schritte ich brauchte.

Dann öffnete ich die Tür knarrend einen Spalt und trat in den Winter hinaus.

»Ra.« Der Hund begrüßte mich leise.

»Ich hab dich auch vermisst, Hund«, flüsterte ich ihm zu und strich mit meiner warmen Hand über sein kaltes Fell. In der eisigen Dunkelheit kniete ich mich neben ihn, schlang einen Arm um seinen Hals und steckte meine Nase hinter sein Schlappohr.

»Tut mir leid, dass ich dir das sagen muss. Aber du musst die ganze Nacht hier draußen bleiben. Und du musst leise sein. Das ist wichtig, Hund.«

»Mmmm.«

Es war nur ein leises Winseln, aber es machte mir das Herz sehr schwer.

»Also, lass uns kurz darüber nachdenken.« Das sagte ich, um ihn aufzumuntern. »Weißt du was, Hund? Ich schau mal, ob ich nicht noch was zu fressen für dich finde, damit du besser schlafen kannst. Manchmal, wenn mein Bauch nicht ganz voll ist, kann ich auch nicht einschlafen. Vielleicht sind wir uns da ähnlich. Du musst aber schnell alles aufessen, damit keine Ratten oder Stinktiere kommen. Warte hier!«

Ich ging wieder ins Haus und schloss leise die Tür.

»Mmm.«

»Sch!« Ich versuchte leise zu sein, damit Daddy sich nicht aufregte, aber doch laut genug, dass der Hund mich hören konnte. Beide blieben still, also hatte es geklappt.

Zuerst suchte ich auf allen vieren nach meinen Socken, denn meine Zehen schienen sich in Eiszapfen verwandelt zu haben, und fand sie schließlich vor meinem Bett. Dann tastete ich auf dem Fußboden herum, bis ich den Fressnapf des Hundes fand, und schlich mich auf Zehenspitzen zur Vorratskiste, um eine Kartoffel zu stibitzen. Dabei war mir nicht so ganz wohl, weil es ja eigentlich gegen die Natur des Hundes war, dass ich ihn ständig mit Gemüse und solchen Sachen fütterte.

Ich ging auf Zehenspitzen auf die Veranda hinaus und setzte die Schüssel vor dem Hund ab.

»Bitte schön.«

Richtig vornehm pflückte er die Kartoffel mit den Zähnen aus dem Napf, hielt sie mit den Vorderpfoten fest und fing an, daran herumzunagen. Anscheinend war Gemüse für ihn völlig in Ordnung.

»Schlaf gut«, sagte ich und gab dem Hund einen Kuss auf den breiten Kopf. Dann hüpfte ich schnell wieder in die Hütte, bevor er von seinem nächtlichen Imbiss abgelenkt wurde oder sich darüber Gedanken machen konnte, ganz alleine im Dunkeln zu sein.

Ich kroch unter meinen Deckenberg, und bald darauf war mir mollig warm und ich schlief tief und fest ein.

21 ꕥ *Scheherazade!*

»Mmm. Mm. Ra.«

Das waren die nächsten Geräusche, die ich hörte, und dann spürte ich eine kalte, feuchte Nase an meiner. Danach spürte ich, dass etwas an meiner Hand schnüffelte und einen weichen, breiten Kopf.

In meinem ganzen Körper breitete sich ein Lächeln aus.

»Mmm. Mm.«

Ich setzte mich im Bett auf, und meine verschlafenen Augen durften den Hund bei Tageslicht bestaunen.

»Ich hab die Tür nur einen Spaltbreit aufgemacht, und schon ist er reingewitscht.«

Daddys Stimme klang ein wenig gereizt, aber seine Augen lächelten.

»Er weiß schon, wo er was zu fressen bekommt und wo es warm ist.« Daddy stand vor dem Hackbrett und schnitt Truthahnspeck in Scheiben.

»Ja, er ist wirklich klug«, sagte ich.

»Ich hab ihn beim Laufen beobachtet«, sagte Daddy. »Ich glaube, er belastet den Fuß jetzt mehr als neulich. Das Bein scheint zu heilen. Wahrscheinlich wurde die Sehne nur stark gequetscht, und weil der Hund sich bei uns ausruhen konnte, geht es ihm besser. In den nächsten Tagen wissen wir mehr.« Er drehte sich um und schnitt weiter.

»Wie kann das passiert sein, Daddy?«

»Kommt öfter vor. Hab ich schon bei Kojoten beobachtet.«

Daddy nahm die dicken Speckscheiben und trug sie zum Herd, wo die Bratpfanne schon heiß wurde. Sobald er auf uns zukam, knurrte der Hund leise und summend. Daddy schaute ihn stirnrunzelnd an und legte die Speckscheiben nebeneinander in die gusseiserne Pfanne.

Ich sah den Hund an und schüttelte den Kopf, tat so, als wäre er ruhig geblieben, und redete einfach ein bisschen lauter.

»Aber wie, Daddy? Wie kann das mit der Quetschung denn passiert sein?«

Mama hat oft gesagt, eine Antwort aus Daddy herauszukriegen sei genauso schwer, wie Blut aus einer Rübe zu pressen.

»Vielleicht war es ein Baumstamm. Vielleicht auch ein Stein.«

Langsam drehte er jede einzelne Scheibe mit der Gabel um und drückte sie auf den Boden der Pfanne. Es zischte und spritzte.

»Aber *wie*, Daddy? Wie kann so was passieren?«

Manchmal hat Mama auch gesagt, von Daddy eine Antwort zu bekommen sei genauso schwer, wie Wasser aus einem Stein zu wringen.

»Oh. Ach so, Dessa Dean.« Es klang so unschuldig, als hätte er meine Frage erst jetzt verstanden. »Das ist ganz einfach. Ein Tier, das irgendwas jagt oder gejagt wird, läuft, so schnell es kann, und manchmal kommt es mit dem Fuß falsch auf, wenn es über einen Baumstamm springt oder über eine steinige Stelle rennt.«

Daddy spießte einen Speckstreifen nach dem anderen auf, schüttelte das Fett über der Pfanne ab und legte ihn auf einen sauberen Teller.

»Und wenn es falsch aufkommt, gibt es eine Quetschung?«

Manchmal hat Mama es so ausgedrückt: »John, du geizt mit Worten wie ein Geizkragen mit seinem Geld.«

»Das passiert dann, wenn das Tier nicht mit der Pfote aufkommt, sondern mit dem Bein weiter oben, mit dem Knöchel«, erklärte Daddy. »Der Aufprall verletzt die Sehne, sie schwillt an und bleibt für eine Weile schwach.«

»Und das ganze Bein wird dann so schief wie seins?«

»Wenn das Tier sich nicht hinlegt und ausruht – und kein wildes Tier, das für sich selber sorgen muss, legt sich auf die faule Haut und wartet ab, bis alles verheilt ist –, beeinträchtigt so eine Verletzung das ganze Bein.«

»Du meinst, so war es auch bei dem Hund?«

»Ich denke schon.«

Und damit war das Gespräch zu Ende. Als ob Daddy keine Worte mehr übrig gehabt hätte. Wir aßen unser Frühstück, und die Stille wurde mit Kaugeräuschen und leisem Knurren ausgefüllt. Als Daddy seinen Stuhl zurückschob, stand auch der Hund auf. Seine Nackenhaare sträubten sich. Daddy schüttelte nur den Kopf und sah ihn ärgerlich an.

»Es wird Zeit, dass ich einen Waschbären oder eine Bisamratte fange, was Gutes zu fressen, sonst muss der Hund bald wieder hungern. Beim Reh haben wir fast den Knochen erreicht, und die Strömung des Baches ist noch nicht kräftig genug, um an den tiefen Stellen das Eis zu schmelzen. Sonst könnte ich auch was fischen.«

Daddy ging aus der Hütte und dachte gar nicht daran, die Tür für den Hund einen Spaltbreit offen zu lassen. Ich erhaschte gerade noch einen Blick auf meinen Vater, wie er durch den Schnee zum Schuppen stapfte, um das Fleisch für den Tag abzuschneiden, da stieß der Hund ein angstvolles Heulen aus und stürzte sich auf die geschlossene Tür. Er sprang daran hoch und seine Krallen schabten am Holz entlang bis zum Boden; er lief hin und her und kratzte an der Schwelle und jaulte und bellte, genau wie am Tag zuvor.

Ich flog nur so zur Tür, warf durchs Fenster noch einen Blick auf Dad, der sich umdrehte und auf unsere Hütte schaute, und schob den Hund so schnell ich konnte zur Seite, denn ich wollte nicht, dass er sich seine arme Nase, die Pfote oder sonst etwas verletzte. Sobald ich die Tür ein Stückchen geöffnet hatte, fing der Hund an zu schimpfen.

»Wuff!«, sagte er und knurrte ein bisschen, um klarzumachen, dass ich so etwas nicht zulassen durfte.

»Entschuldigung«, sagte ich.

Und damit war die Sache erledigt.

Daddy war still wie der eiskalte Winter, als er das Fleisch hereinbrachte, und er war immer noch still, als er drei Arme voll Holz anschleppte und Scheit für Scheit neben dem Ofen stapelte. Als er fertig war, musterte er den Hund mit strengem Blick. Sicher hatte Daddy gehört, was für einen Lärm er veranstaltet hatte.

Doch kurz bevor er wieder loszog, um nach den Fallen zu sehen, besserte sich seine Stimmung. Er lächelte mir in die Augen und blickte sich nickend in der Hütte um.

»Das hast du gut gemacht, Dessa Dean. Alles so schön geschmückt und herausgeputzt. Sieht ja richtig nach Weihnachten aus.« Dann ging er aus der Hütte und ließ die Tür ein Stück offen.

Ich drehte mich um und lächelte den Hund an.

Er klopfte mit dem Schwanz auf den Boden.

»Sieh mal«, sagte ich und ging zum Adventskalender. »Heute ist der zweiundzwanzigste Dezember. Und der zweite Tag deiner Rückkehr.« Ich zog ein beiges Cordkamel aus der Tasche, auf die eine 22 gestickt war, und hielt es dem Hund hin.

Er drückte seine feuchte Nase an den Cord und schnüffelte gründlich daran herum. Dann legte er den Kopf auf die Seite, als ob er mich fragen wollte, wieso ich seine Zeit mit etwas verschwendete, das kein bisschen nach Futter roch.

»Das ist ein Wüstentier«, erklärte ich. »Man kann darauf reiten, wenn man kein Pferd hat. Sieht komisch aus mit diesen Höckern auf dem Rücken, was? Das hier hat Mama genäht. Es ist ein zweihöckriges Kamel, aber es gibt auch welche mit einem Höcker, glaube ich. In der Wüste leben ganz andere Tiere als hier bei uns. Dort gibt es keine Bären oder Gänse oder Eichhörnchen. Aber Kamele, wie gesagt, und Geister, die Dschinn genannt werden.«

»Ra«, sagte er, als ob er schon davon gehört hätte, was ich bezweifelte.

»Ein Dschinn ist eine Art Mann, der sich in Rauch verwandeln kann und in einer kleinen Messinglampe lebt.« Ich zeigte dem Hund mit den Händen, wie klein. »Ein Dschinn hat Zauberkräfte und mag normale Leute nicht besonders, was in der Kombination ziemlich gefährlich ist.«

Ich befestigte das Cordkamel direkt hinter dem ersten Kamel, so dass sich auf dem roten Filz des Kalenders eine Karawane zu bilden begann.

»Komm her, Hund! Ich will dir was zeigen.« Ich ging ans Bücherregal und setzte mich im Schneidersitz auf den Boden. Der Hund setzte sich neben mich.

»Hier ist das Geheimversteck von Mama und mir«, sagte ich. »Und jetzt kennst du es auch.«

Ich zog das zerfledderte graue Wörterbuch aus dem unteren Regal und ließ es auf den Fußboden plumpsen. Dann beugte ich mich vor und spähte in den dunklen Raum, wo es gesteckt hatte. Ich langte mit der Hand weit hinein. Ein Lächeln zog meinen Mund auseinander, als meine Finger den kühlen Ledereinband eines Buches berührten, das quer an der Rückwand des Regals stand.

»Dahinten ist ein ganz besonderes Buch, Hund, voller Geschichten aus der Wüste. Und alle diese Geschichten werden von einer Frau namens Miss Scheherazade erzählt. Weißt du, Hund, warum sie sich die Mühe gemacht hat, die vielen Geschichten zu erzählen? Um den Sultan zu unterhalten, damit er ihr nicht den Kopf abhackt. Kannst du dir so etwas vorstellen? Einige Geschichten sind mir fast zu aufregend. Ehrlich – man kriegt eine richtige Gänsehaut, vor allem, wenn man sie nach Sonnenuntergang liest. Die Geschichten über den Dschinn haben mir am meisten Angst gemacht. Mama hat das Buch nach dem Vorlesen immer ganz hinten versteckt – hinter dem dicken alten Wörterbuch –, damit ich keine Albträume bekam. ›Aus den Augen, aus dem Sinn‹, hat sie gesagt, und es hat jedes Mal geklappt. Ich hatte nie einen schlimmen Traum von dem schrecklichen Dschinn, wenn das Buch hinten im Bücherregal versteckt war. Wie findest du das, Hund?«

Er klopfte mit dem Schwanz.

»Aber weißt du was? Wenn ich traurig bin oder mich elend fühle, weil ich Fieber habe, kann mich kein anderes Buch auf der Welt so gut trösten wie …«

Ich zog das kleine dicke Buch heraus und hielt es hoch, damit der Hund den Einband mit der verschnörkelten goldenen Schrift sehen konnte.

»*Tausendundeine Nacht!*«

»Ra!«

Immer noch mit gekreuzten Beinen ließ ich mich nach hinten fallen und lehnte mich an das Bücherregal. Ich klopfte mit der Hand auf den Fußboden neben mir, und der Hund tappte heran, ließ sich nieder und legte die Schnauze auf mein Bein. Die ersten Seiten überblätterte ich, denn da standen nur Sachen über die schlaue Scheherazade, die ich dem Hund schon erzählt hatte.

»Die erste Geschichte heißt ›Der Fischer und der Dschinn‹«, sagte ich. »Du musst aber keine Angst haben, Hund, ich bin ja bei dir.«

Er seufzte und schloss die Augen, und ich fing mit dem Vorlesen an.

Ich weiß nicht, wie viel er von der Geschichte mitbekam,

denn er fing ziemlich schnell an zu schnarchen, aber ich las einfach weiter, weil es schon so lange her war, dass Mama mir aus dem Buch vorgelesen hatte. Und wie sich das Buch anfühlte, und das Geräusch der Wörter in der Luft – irgendwie machte mich das alles glücklich und traurig zugleich. Ich konnte erst aufhören, als die Geschichte zu Ende war.

Nach dem allerletzten Wort drückte ich das Buch fest an mich, und nach einer Weile merkte ich, dass mein ganzes Gesicht nass geweint war, weil ich Mama so vermisste, und die Tränen, die von meinen Wangen tropften, landeten auf dem Hundekopf und machten dort einen feuchten Fleck.

Ich rieb mir das Gesicht mit dem Handrücken ab und streichelte den feuchten dunkelbraunen Fleck auf dem Hundekopf, bis er trocken und wieder mittelbraun war. Ich konzentrierte mich auf das kleine bisschen Frieden, das mir der Hund schenkte, der auf meinem Bein sein Nickerchen machte. Dann richtete ich meine Gedanken auf etwas anderes.

Mir ging immer noch Scheherazade im Kopf herum, also dachte ich daran, wie tapfer sie war. Obwohl Scheherazade wusste, dass der Sultan seine Frauen reihenweise köpfte, jeden Tag eine andere, weil er wütend auf seine erste Frau war, bestand sie darauf, die nächste zu werden. Und dann beschäftigte sie ihn eintausendundeine Nacht lang mit Geschichten über Geschichten. Am Ende mochte er Scheherazade so gern, dass sie sich eine Pause gönnen konnte. Eine wirklich kluge Frau, diese Miss Scheherazade, das musste ich zugeben.

»Scheherazade.« Ich wisperte den Namen, damit ich den Hund nicht weckte. Er klang so schön. »Scheherazade.« Ich sah den Hund an. »Scheherazade.« Sein Ohr zuckte. War es möglich? »Scheherazade.« Ich wusste, dass der Hund sich genauso wenig mit Sultanen oder Dschinn oder dem Leben in der Wüste auskannte wie mit Indianern, aber als ich Namen ausprobiert hatte, die zu ihm passten, hatte ich kein Glück gehabt. Wie Brauner zum Beispiel, Feder, Flocke oder Sturm. Und Hiawatha war es auch nicht gewesen, auch wenn der Name passte, weil der Hund wild durch die Gegend streifte. Auch auf Hopser hatte er nicht reagiert.

Vielleicht wollte er einen Namen haben, der schön klang, wenn man ihn rief.

»Scheherazade«, wisperte ich. Dann hob ich ein Schlappohr des Hundes an und flüsterte es noch einmal. »Scheherazade.«

Auch wenn der Hund ein Hinterbein hob und sein Ohr dahin schubste, wo es hingehörte, tief aufseufzte und sofort wieder weiterschnarchte, verlor ich nicht den Mut. Nein, ich war sicher, dass ich diesmal ins Schwarze getroffen hatte.

22 ꕥ *Schwierige Worte*

Als der Hund erwachte, streckte er sich lang und faul an beiden Enden und bat mich höflich, hinausgehen zu dürfen. Ich erlaubte es und sah zu, wie er hinter der Hütte verschwand. Mein nächster Gedanke galt dem Feuer. Auch wenn die Sonne noch vom Himmel strahlte, war es doch ziemlich kalt im Raum.

»Ra«, rief der Hund von draußen.

Ich war fertig mit dem Holz und zog mir die kratzige Wollmütze über die Ohren, schlüpfte in meinen Mantel und trat auf die Veranda.

»Ra.«

Der Hund wollte spielen. Sein vorderes Ende hatte er auf den Boden gepresst, das hintere in die Luft gestreckt, und der Schwanz wedelte wie verrückt.

»Ich habe es dir schon einmal erklärt, Scheherazade, ich kann nicht von der Veranda herunter. Ich kann wirklich nicht. Tut mir leid.«

Schon fühlte ich mich wieder elend, weil das bei mir eben so war.

Der Hund setzte sich und betrachtete mich mit schiefgelegtem Kopf.

»Ruu«, sagte er hoffnungsvoll, die Schnauze in die Höhe gereckt.

Ich setzte mich auf die vereisten Holzbretter, ließ den Kopf sinken und hockte eine ganze Weile still da. Mein Kopf wurde in der Wintersonne ganz warm und der flüsternde Winterwind machte meine Stirn und Wangen starr und gefühllos. Weit weg, in den Wacholderbüschen, krähte ein Rabe, und von den bleichen, nackten Ästen der verkümmerten Eiche in der Nähe war der langsam tickende Rhythmus kalter Wassertropfen zu hören, die von den Eiszapfen fielen. Meine Haut prickelte bei dem Geräusch. Die ganze Welt um mich herum drehte sich weiter, und ich bekam eine solche Lust, einfach hinauszuspringen und keine Angst mehr zu haben, zu schreien vor Glück, draußen in der Welt zu sein, und nicht, weil ich einen Albtraum hatte. Es war, als ob ich mich plötzlich in eine dünne Eisfläche auf dem Weidenbach verwandelt hätte, die gerade ein Reh betrat. Jede Sekunde, jede Sekunde würde ich den Druck nicht mehr aushalten können, und das dünne Eis, das ich war, würde brechen und in eine Million, nein, eine Milliarde Stücke zersplittern.

Und dann fiel mir etwas in den Schoß. Es war ein Kiefernzapfen von Scheherazade. Der Hund lächelte mich an und wedelte mit dem Schwanz.

»Ra!«

»Was ist?«

»Ra.«

Es klang ein ganz klein wenig ungeduldig.

»Ich verstehe dich nicht. Ich weiß nicht, was du willst. Das ist ein Kiefernzapfen.«

Ganz sanft, genau wie mit der Kartoffel um Mitternacht, nahm er den Kiefernzapfen zwischen die Zähne und ließ ihn vor mir auf die Bretter der Veranda fallen.

»Ra.«

Der Hund senkte sein Vorderteil, reckte das hintere Ende in die Höhe und wedelte so heftig mit dem Schwanz, dass ich das Schwirren in der Luft hörte.

Ich wusste, dass der Hund mir ein neues Spiel beibringen wollte, und ich schämte mich, dass ich ihn nicht verstand.

Ich sah ihn an, zuckte mit den Schultern und schüttelte den Kopf.

Wieder nahm der Hund den Kiefernzapfen ganz zart mit den Zähnen auf und ließ ihn in meinen Schoß fallen.

»Ra!«

Er sprang zurück.

»Oh!« Endlich kapierte ich, was er mir sagen wollte. »Gut.«

Ich nahm den Zapfen in die Hand, reckte meinen Wurfarm so weit nach hinten, wie ich konnte, und warf den Zapfen in den unberührten Schnee. Und der Hund raste tatsächlich über die Veranda, sprang in die Luft und rannte hinter dem verflixten Schlingel her und rang mit ihm, bis er aufgab.

Dann brachte der Hund den Kiefernzapfen zurück und ließ ihn wieder in meinen Schoß fallen.

»Ra!«

Ich lachte laut auf, so glücklich war ich.

»Ra!«

Ich holte aus und warf den Zapfen, so weit ich konnte.

Und als der Hund ihn zurückgebracht hatte, warf ich ihn wieder

und wieder

und wieder.

Irgendwann war mein Arm müde und ausgeleiert, und ich sagte: »Komm, Scheherazade, gehen wir rein! Ich friere, und ich kann meinen Arm kein einziges Mal mehr heben.«

Der Hund stand draußen im Schnee und starrte mich an.

»Scheherazade!«

Er beachtete mich nicht, drehte sich um und trottete hinter die Hütte.

Jetzt fing ich an, ein bisschen zu zweifeln. »Aber das ist doch ein wunderschöner Name!«, rief ich dem Hund hinterher.

Ich legte den Kiefernzapfen neben die Tür, ging ins Haus und ließ ihm die Tür einen Spaltbreit offen. Dann schürte ich das Feuer im Bauch des Ofens und stellte mich mit dem Rücken ganz nah davor.

Ein paar Minuten später kam der Hund schwanzwedelnd herein. Seine Schnauze war voll Schnee.

»Scheherazade«, sagte ich.

Der Hund würdigte mich keines Blickes, ging auf den Ofen zu, kratzte auf dem Fußboden herum, ließ sich fallen und machte ein weiteres Nickerchen.

Ich saß eine Weile auf einem Küchenstuhl und rief alle paar Minuten: »Scheherazade!« Ich wollte so gern, dass das der Name des Hundes war, aber es kam keine Antwort, kein Auge öffnete sich, es zuckte nicht einmal ein Ohr. Es war so entmutigend.

Bald merkte ich, dass ich viel zu viel Zeit damit verschwendet hatte, den Hund von seinem Namen zu überzeugen. Das Licht wurde schon trüb, und es war höchste Zeit, mich um das Abendessen zu kümmern.

Als Daddy nach Hause kam, war alles wie am Tag zuvor. Nur schien es ihn noch mehr zu ärgern, dass der Hund bellte und knurrte und er die Jacke anbehalten musste, um warm zu bleiben.

Mit seinen Fallen hatte Daddy wieder kein Glück gehabt. Immerhin hatte er zwei magere Eichhörnchen mitgebracht, die er geschossen hatte und die ich am nächsten Tag braten konnte, nachdem ich die Schrotkugeln herausgepult hatte. Keiner von uns beiden mochte Eichhörnchen besonders gern, aber aus ihrem Fell ließen sich schöne Beutel nähen, in denen man Krimskrams oder Pflanzensamen aufbewahren konnte.

Ich gab dem Hund so schnell ich konnte sein Futter, damit er still war, und als ich unsere Teller auf den Tisch stellte, versuchte ich, ein Gespräch anzufangen, damit Daddy mal an etwas anderes als seine leeren Fallen und die zähen Eichhörnchen dachte.

»Daddy, mir fällt für den Hund einfach kein richtiger Name ein.«

»Hmpf.« Mehr brachte er nicht heraus.

»Ich habe alle möglichen Namen ausprobiert, aber er hat auf keinen gehört.«

Daddy steckte sich ein Stück Rübe in den Mund.

»Ich hab es mit Brauner versucht, aber der Hund hat nicht reagiert. Bei Hopser auch nicht. Dann habe ich es mit Hiawatha versucht.«

»Hiawatha? Wie bist du denn *darauf* gekommen?«

Dass Daddy endlich Interesse zeigte, machte mir Mut.

»Weil er so ganz alleine draußen herumgestreift ist. Wie in dem Gedicht, das Mama mir immer vorgelesen hat: ›So reiste er westwärts, westwärts, ließ den flinkesten Hirsch zurück‹ ... Ich kann den Rest nicht aufsagen, ohne ins Buch zu schauen. Soll ich es holen, Daddy?«

»Nicht nötig«, brummte er.

Ich steckte mir auch ein Stück Rübe in den Mund und kaute eine Minute lang darauf herum, um Daddy Zeit zu geben, etwas zu sagen, wenn er wollte.

Anscheinend wollte er nicht.

»Aber heute war ich ganz sicher, den richtigen Namen gefunden zu haben – Scheherazade.«

»Nie gehört.«

»Er kommt in einem Buch vor, das Mama und ich immer zusammen gelesen haben. Über eine Frau in der Wüste, weit, weit weg.«

»Hmpf. Kann mir nicht vorstellen, dass ein Hund, der in der Gegend hier groß geworden ist, so genannt werden möchte. Scherd, Scherdza.« Seine Zunge verhedderte sich in den feinen, seidigen, sandigen Wüstenlauten.

»Scheherazade«, verbesserte ich. »Der Name hat ihm wahrscheinlich nicht gefallen. Aber ich habe wirklich alles, was mir eingefallen ist, probiert.«

»Der Hund wird es dir sagen, wenn du den richtigen Namen gefunden hast.«

»Du meinst, er wird mir sagen, wie er wirklich heißt?« Meine

Stimme quiekste vor Aufregung. »Wie? Wie wird er es mir sagen, Daddy? Was wird er tun?«

»Weiß ich nicht genau, aber er wird es dich wissenlassen, wenn du auf den richtigen Namen gestoßen bist.«

»Woher weißt du das?«, bohrte ich weiter. »Daddy?«

»Was für Schularbeiten hast du heute gemacht?«

Und damit war das Gespräch über Hundenamen zu Ende. Stattdessen musste ich gestehen, dass ich reichlich wenig Aufgaben gemacht hatte, und als Daddy danach fragte, musste ich zugeben, dass ich mir noch immer keine Zwölf-mal-zwölf-Aufgabe ausgedacht hatte.

Daddys Blick war starr, so als wäre sein Gesicht zu lange in der Winterluft gewesen. Meine Schulaufgaben waren aber sicher nicht das Einzige, was ihn so aussehen ließ. Mama hatte mir oft genug erklärt, wie schwer es für Daddy war, tagein, tagaus dafür zu sorgen, dass wir genug zu essen hatten, und wie sehr so etwas einen Mann auslaugen konnte. Aber was immer ihm in diesem Moment Sorgen machte – er zuckte mit keiner Wimper und seine Lippen blieben fest verschlossen.

Ich fühlte mich klein und unsicher.

»Dessa Dean«, sagte Daddy leise und brummig, »der Hund frisst für drei, das Holz löst sich nur so in Luft auf, das Biest hält mich die ganze Nacht wach, und jetzt lenkt es dich auch noch von deinen Aufgaben ab. Ich finde, der Hund schadet mehr, als er nutzt.«

Daddy beugte sich weit über den Tisch und sah mir fest in die Augen, so dass ich mitten hineinschauen musste, obwohl ich lieber weggeblickt hätte. Ich wünschte mir, Mama würde vom Ofen herüberkommen und so was sagen wie: »John, nun mach doch aus einer Mücke keinen Elefanten!«

Und während sich Daddys Augen in meine bohrten, hörte ich auf einmal, dass der Hund zu knurren anfing. Ich hörte, wie er auf mich zukroch und das Knurren immer lauter wurde, je näher er kam. Dann stand er neben mir. Ich streckte die Hand aus und legte sie auf seinen Rücken. Seine Nackenhaare waren gesträubt. Er beschützte mich.

Ich sah Daddy wieder an, aber dieses Mal, weil ich wollte, und nicht, weil ich musste. Und auch wenn es nichts auf der Welt gab, worüber ich weniger sprechen wollte, zwang ich mich, darüber zu sprechen, denn es ging um etwas, das ich unbedingt behalten wollte – den Hund.

Egal, wie er hieß.

Ich holte tief Luft und reckte die Schultern.

»Also, eins steht fest«, sagte ich. »Seit der Hund und ich uns angefreundet haben, tun mir die Ohren nicht mehr so weh und ich hatte keinen einzigen Albtraum, nicht mal am Tag. Das ist schon mal was, Daddy. Für mich jedenfalls.«

Ich zitterte am ganzen Körper, aber ich schaute nicht weg, bis Daddy die Augen abwandte. Ich hatte gerade noch sehen können, wie sie sich füllten, und schluckte schwer. Diese glücklichen und traurigen Gefühle, die sich in einem vermischten und wehtaten, kannte ich schon.

In der Stille, die folgte, als keine Worte mehr aus mir herauskamen und nur ein tiefer Seufzer von Daddy zu hören war, merkte ich, dass der Hund sein leises, summendes Knurren aufgegeben hatte. Das einzige Geräusch außer dem Knacken der

Holzscheite im Ofen war der heulende Wind, der an den Fensterscheiben rüttelte.

Dann hörte ich etwas, das mir den Atem verschlug und die Hitze in die Wangen trieb.

»Dessa Dean, entschuldige bitte.«

Ich war genauso verwirrt, als hätte mich ein schlimmer Wachtraum überwältigt. Mit seiner normalen brummigen Stimme sagte Daddy Worte, die ihm, soweit ich wusste, noch nie zuvor über die Lippen gekommen waren, und ich hatte ihn dazu gebracht.

Meine nächsten Sätze purzelten übereinander, als sie sich herausdrängelten, und fielen kreuz und quer und schrill in die ofenwarme Luft.

»Oh nein! Das musst du nicht sagen! Das musst du überhaupt nicht sagen!«

Daddy sprang auf, als ob ihn ein Schuss aus der Schrotflinte getroffen hätte, lief zu mir herüber und packte meine hängenden Arme.

Der Hund rückte näher an mich heran und zeigte Daddy die Zähne, aber Daddy achtete nicht auf ihn und kniete sich vor mich hin, so dass wir auf gleicher Höhe waren.

Mein Gehör schien plötzlich nicht mehr zu funktionieren. Daddys Worte summten durch die Luft, aber ich konnte sie nicht verstehen. Ich wusste nur eins – er drückte mich an sich, und obwohl mir das tief im Herzen furchtbar wehtat, fühlte ich mich ganz sauber gewaschen, wie ein Hemd, das an Mamas Waschtag auf den Steinen im Weidenbach gerubbelt wurde. Immer donnerstags.

23 Teilen

Daddy benahm sich den ganzen Abend irgendwie anders als sonst, es war richtig unheimlich. Als er sagte, dass es Zeit sei, ins Bett zu gehen, schickte ich den Hund sofort zum Schlafen auf die Veranda und kroch selber ganz schnell unter meine Decken. Ich konnte es gar nicht erwarten, dass dieser Tag zu Ende ging.

Aber der Hund hatte andere Vorstellungen. Kaum waren ein paar Minuten vergangen, jaulte er ganz fürchterlich. Seine Stimme vermischte sich mit dem Heulen des Windes, und sein Gejammer war in der Hütte laut zu hören.

Daddy sagte kein einziges Wort. Er seufzte nicht einmal. Aber ich wusste, dass er nicht die geringste Chance hatte, bei diesem Lärm einzuschlafen.

Ich lag still da, rollte mich zusammen und hoffte, dass der Hund sich bald beruhigen würde, aber das Gejaule wurde immer lauter, bis es sogar den Wind übertönte. Also kroch ich aus dem Bett, legte eine Möhre in den Futternapf und trug ihn auf die Veranda. Ganz, ganz vorsichtig nahm der Hund die Möhre mit den Zähnen aus der Schüssel, und ich schlich mich zurück ins Bett.

Ich war noch gar nicht wieder richtig warm geworden, als das Gejaule von Neuem begann. Kurz darauf heulte der Hund in den höchsten Tönen.

Das arme Ding fror sicher in der Kälte, denn der Wind peitschte da draußen in der finsteren Nacht noch immer den Schnee in die Höhe, kreischte und schlug auf alle möglichen Dinge ein. Dieses Wetter würde sogar einen dicken, fetten Bären zum Schlottern bringen.

Blitzschnell zog ich die oberste Decke vom Bett und trug sie auf die Veranda. Ich konnte den Hund zusammengerollt auf seinem eiskalten Lager sehen. Also schlurfte ich zu ihm hin, breitete die Decke über ihm aus und steckte sie an den Rändern fest. Dann zog ich sie dem Hund über den Kopf, so dass nur noch die Augen und die Nase herausguckten.

»Schlaf jetzt, mein Lieber«, sagte ich. »In so einer Nacht macht man keinen Lärm. Wirklich nicht.«

Dann lief ich schnell wieder ins Haus.

Es half. Ich schlief den Rest der Nacht durch, und soweit ich wusste, taten Daddy und der Hund das Gleiche.

Als sich am Morgen meine Augenlider hoben, lag der Hund neben meinem Bett, steckte seine Schnauze unter meinen Arm, und Daddy war schon weg. Sanftes Licht erfüllte die Hütte, tastete sich langsam heran, als ob es in alle Ecken kriechen wollte. In Mamas Weihnachtssternen spiegelte sich die Sonne, und zarte Lichtflecken und -streifen tanzten an den Wänden.

Ich lächelte, als ich mich aufsetzte und die flimmernden Muster und Formen betrachtete.

Der Hund drehte den Kopf, um meinem Blick zu folgen, und als er die Lichter entdeckte, die über die Wände hüpften, neigte er den Kopf staunend zur Seite und trottete hin, um sich die Sache genauer zu betrachten.

Ich musste laut darüber lachen, wie er die Nase gegen die kleinen Lichtkringel an der Wand drückte und herausfinden wollte, was es war. Und wenn er noch so eifrig daran herumschnüffelte, kam er doch nicht dahinter. Also stellte er sich auf die Hinterbeine und bellte die Muster an, die weiter oben über die Wände flackerten.

»Das ist das Licht von Mamas Weihnachtssternen. Es macht einen froh, sie anzuschauen, stimmt's?«

Ich warf meinen Deckenberg ab und ging zum Adventskalender. Der Hund ließ von den tanzenden Lichtern ab und tappte zu mir herüber.

»Heute ist der dreiundzwanzigste Dezember«, sagte ich. »Der dritte Tag seit deiner Rückkehr, Hund.«

Aus der Tasche mit der Nummer 23 zog ich behutsam einen Engel und hielt ihn dem Hund entgegen, damit er an dem gut gepolsterten, baumwollenen Wesen schnuppern konnte.

»Meine Mama ist jetzt auch ein Engel.«

Das hatte ich gar nicht sagen wollen, aber weil sich der Hund am Abend zuvor für mich eingesetzt hatte und weil ich so früh am Morgen noch ganz verschlafen war, fiel es mir leicht, ihm mein Herz zu öffnen. Ich sprach leise und wispernd, denn ich wollte zwar, dass er mich verstand, aber selber mochte ich die Worte nicht laut hören.

Ich befestigte den Engel auf dem roten Filz in der Nähe seiner beiden Schwestern aus den Taschen neun und fünfzehn, so dass sie ein himmlisches Trio bildeten. Dann blickte ich in die braunen Hundeaugen.

»Komm her«, sagte ich. »Ich will dir noch etwas zeigen.«

Der Hund tappte hinter mir her zu der Stelle, wo der geschnitzte Engel stand. Ganz, ganz behutsam umfasste ich den Engel und strich mit dem Zeigefinger über die hohen Wangenknochen. Ich nahm ihn in die Hände und hielt ihn dem Hund entgegen.

»So sieht – sah meine Mama aus, Hund. Ich habe kein Bild von ihr, nur diesen Engel. Daddy hat ihn geschnitzt.« Dann fiel mir etwas ein. »Das ist noch ein Grund, weshalb du ihn nicht anknurren darfst.«

Er schien zu verstehen, dass ich etwas ganz Kostbares und Zartes mit ihm teilte, denn als ich ihm den Engel hinhielt, stupste er ihn nicht mit der Nase an und schnüffelte auch nicht an ihm herum, als ob er etwas zu fressen wäre, sondern berührte das schöne, vollkommene Holz nur ganz sanft und leicht mit der braunen Nase und schaute mich dabei unentwegt an.

Ich wandte meinen Blick wieder dem Engel zu.

»Ich war nicht so verrückt, bevor Mama starb.« Das wollte ich eigentlich nur zu mir selber sagen, aber der Hund hörte mir aufmerksam zu. »Ich hatte vorher nie einen Albtraum bei Tag. Bis Mama erfror. Als ich Mama verlor, fingen meine Ohren an wehzutun, und deshalb sitze ich jetzt in der Hütte fest.«

Danach hatte ich den Mut, den Hund wieder anzusehen.

»Ich glaube, mit deinem Bein ist es das Gleiche. Vielleicht hat der Teil von dir, der nicht richtig funktioniert, etwas damit zu tun, dass du nicht so gern in geschlossenen Räumen bist. Wie meine Ohren und ich, die die weite Welt nicht mehr ertragen können.«

Ich lächelte auf den Hund hinunter und rieb mir das Wasser

aus den Augen, damit er nicht so verschwommen aussah. Dann streckte ich die Hand aus und streichelte den großen Kopf.

Aber jetzt hatte der Hund keine Lust mehr auf traurige Gefühle.

»Ra«, sagte er und lief durch die Hütte, schob die Tür mit der Nase auf und trottete hinaus.

Ich zog die kratzige Wollmütze noch etwas tiefer herunter und langte nach dem Nachttopf unter meinem Bett.

Zum Frühstück wärmte ich dem Hund ein halbes Eichhörnchen auf. Vorher suchte ich die Schrotkörner aus dem Fleisch, damit er sich keinen Zahn abbrach, und streckte die Mahlzeit mit Kartoffel- und Rübenstücken. Als der Eichhörnchenduft nach draußen zog, dauerte es keine Sekunde, bis der Hund wieder zur Tür hereinstürmte.

Er setzte sich auf meine Füße und reckte die Schnauze in die Luft.

»Rruuu!«

Ich lächelte und mir fiel auf, dass er das immer sagte, wenn er etwas aufregend fand.

Der Hund hatte einen Riesenhunger und brauchte keine langen Aufforderungen, als ich den Futternapf vor ihm abstellte.

Ich selbst fing den Tag lieber mit meinem üblichen Honigbrot an, und nachdem ich mir die Hände und das Gesicht gewaschen hatte, schmierte ich mir eine Scheibe und spülte sie mit kaltem Wasser hinunter. Und damit ich wenigstens an *diesem* Abend keinen Ärger mit Daddy bekam, machte ich mich fleißig wie eine Biene an die Arbeit.

Der Hund hatte aber andere Vorstellungen. Er wollte spielen und ließ mich das auch wissen, indem er seine lange braune Nase an mein Bein stieß.

Beim ersten Mal ignorierte ich es.

Ebenso beim zweiten Mal.

Dann versetzte er meinem Bein zum dritten Mal einen kräftigen Stoß, setzte sich hin und knurrte leise.

Ich musste lächeln, aber ich ließ mich nicht umstimmen. »Ich kann im Moment nicht spielen, Hund. Ich muss meine Schularbeiten machen. Sonst kriegen wir beide Ärger, wenn Daddy nach Hause kommt.«

Der Hund schien mich zu verstehen. Ohne einen Mucks ging er hinaus.

Nach zwei langen Stunden, in denen ich mich voll und ganz auf das Fach Geschichte konzentriert hatte, brauchten mein Hirn und meine Hand eine Ruhepause. Ich zog meinen Mantel an und machte mich auf die Suche nach dem Hund.

Ich brauchte nur auf die Veranda zu gehen, um ihn zu finden. Dort lag er zusammengerollt auf seinem Lager und nagte an einem Kiefernzapfen. Nein – er nagte an einem *Haufen* Kiefernzapfen. Eigentlich lag er mittendrin. Während ich über den Kaiser Konstantin und das Heilige Römische Reich nachgedacht hatte, schien sich der Hund damit beschäftigt zu haben, alle Kiefernzapfen in der Nähe einzusammeln.

Ich lächelte ihn an.

»Eine Runde Werfen?«, fragte ich.

»Ra«, sagte er, streckte genüsslich seine vordere und hintere Hälfte und wedelte mich an.

Ich nahm einen Zapfen in die Hand und warf ihn so weit ich konnte in Richtung Schlucht.

Der Hund jagte hinterher, und während ich zusah, merkte ich, dass ich mich so an das komische Bein gewöhnt hatte, dass mir gar nicht mehr auffiel, wie es zur Seite schwang. Auch der Hund hatte sich daran gewöhnt. Er konnte laufen wie ein Verrückter, trotz der Verletzung. Ohne das dumme Bein wäre er wahrscheinlich gar nicht zu uns gekommen.

Mein nächster Gedanke prickelte vor Überraschung in meinem Nacken. *Ohne meine dummen Ohren wäre ich bestimmt nicht zu Hause gewesen, um ihn zu begrüßen, selbst wenn er doch gekommen wäre.*

24 ꕤ *Die verflixte Maus*

Da war der Hund wieder, trottete auf mich zu, lächelte um den Kiefernzapfen im Maul herum und wedelte wie wild mit dem Schwanz.

Ich musste selber lächeln.

»Na, komm schon! Bring ihn mir!«

Aber irgendetwas auf seiner linken Seite sprang ihm ins Auge. Er blieb wie angenagelt stehen und ließ den Kiefernzapfen in den Schnee plumpsen.

Dann ließ er sich auf den Bauch fallen und fing an zu kriechen, genau wie am Anfang bei uns in der Hütte. Er schob sich über die krustige weiße Fläche, ließ den Kiefernzapfen zurück und schlich sich an ein zotteliges gelbes Grasbüschel an, das aus dem Schnee ragte.

»Komm schon!«, rief ich. »Hierher!«

Aber seine Ohren zuckten nicht einmal in meine Richtung. Er konzentrierte sich auf etwas anderes.

»Was zum Kuckuck?«

Ich ging bis an den Rand der Veranda, bis meine Stiefelspitzen in der Luft hingen, blinzelte mit zusammengekniffenen Augen über den Schnee und versuchte außer dem toten Gras noch etwas anderes zu entdecken.

Ich konnte nichts Interessantes sehen, überhaupt nichts, und das sagte ich auch.

»Ich sehe nichts außer Gras, Hund. Es lohnt sich nicht, dort herumzukriechen oder dich anzuschleichen. Das ist Gras. Komm, spielen wir weiter!«

Ich warf ihm einen neuen Kiefernzapfen zu. Er landete neben seinem Vorderbein.

Der Hund verharrte, und ich dachte, ich hätte ihn überzeugt.

Aber er achtete gar nicht auf mich und auch nicht auf den Zapfen. Kein bisschen. Er war nur wenige Zentimeter vor dem Grasbüschel stehen geblieben, zog jetzt ganz langsam sein Hinterteil unter sich und rührte sich nicht mehr. So blieb er sitzen und starrte das verflixte Gras an.

Ich schüttelte den Kopf und rief: »Na gut. Dann sitzen wir eben einfach nur herum, wenn du willst. Wir sitzen einfach herum.«

Ich kauerte mich auf die Verandabretter und stützte meine Ellbogen auf die Knie und mein Kinn in die Hände.

Eine Gans flog hoch in der Luft über uns hinweg und stieß einen einsamen Schrei aus.

Der Hund achtete nicht auf sie.

Es wurde still. Dann seufzte der Nachmittagswind in den Wipfeln der Kiefern und ließ die Nadeln an ihren Zweigen wie Cordhosen rascheln.

Aber der Hund blickte nicht auf.

Er spitzte nicht einmal seine Ohren.

Ich rief ihn wieder, und ein Eichhörnchen stimmte plappernd mit ein. Dann machte das nervöse kleine Ding einen Satz und raste quer über den Schnee, direkt vor dem Hund vorbei und eine Kiefer hinauf zum niedrigsten Ast. Es starrte den Hund mit seinen schwarzen Augen an und neckte ihn mit lauter Stimme, weil er ihm nicht hinterherjagte, wie es sich gehörte.

Der Hund zuckte mit keinem Muskel.

Nicht einem.

Der Hund blieb still wie eine Statue und sah ganz zusammengequetscht aus, so wie er seine Hinterbeine unter sich geschoben hatte.

Und dann, gerade als ich wieder mit ihm schimpfen wollte, schneller als ein Augenzwinkern, regte er sich.

Aus seiner kauernden Stellung heraus machte er einen Satz in die Luft; die großen Hinterpfoten hoben sich kurz vom Boden, während sich sein Vorderteil nach vorne warf und seine Vorderpfoten hart auf dem Boden aufkamen.

Nur den Bruchteil einer Sekunde später schaute der Hund zu mir auf und lächelte um etwas Neues herum, das er jetzt zwischen den Zähnen hielt. Als er mir entgegentrottete, grinste und mit dem Schwanz wedelte, sah ich einen kleinen feuchten Fleck an seiner Schnauze. Es war Blut. Der Hund konnte wieder jagen.

Ich spürte die Angst in meinem Bauch wie einen Stein, als ich begriff, was das bedeutete. Wenn er wieder für sich selber sorgen konnte, würde er mich nicht mehr brauchen. Er konnte seine Zelte abbrechen und weiterziehen. Und ich? Saß auf dieser Veranda fest. Für immer. Allein.

Ich hockte eine lange Minute da wie erstarrt und schaute den Hund an, der mir entgegenlief.

Er sah so zufrieden aus. Und dann schämte ich mich, und meine Scham machte sich in meinem Bauch breit und schob die Angst beiseite. Scham, weil ich begriff, dass ich mir tief im Herzen gewünscht hatte, der Hund würde nie wieder für sich selbst sorgen können, damit er mir Gesellschaft leistete. Ich schämte mich, weil ich mir so etwas Schreckliches erhofft hatte.

Der Hund sprang auf die Veranda, die Schnauze klebrig vom Blut, und landete direkt vor mir. Er senkte den Kopf und ließ das Tier aus seinem Maul fallen. Eine kleine tote Maus plumpste auf die Spitze meines rechten Stiefels.

Dann setzte er sich auf seine Hinterbeine, lächelte immer noch breit und schlug mit dem Schwanz auf die Holzplanken. Er reckte die Nase hoch in die Luft.

»Rruuu!«

»Das sind ja tolle Neuigkeiten, Hund«, sagte ich. »Das bedeutet, dass du wieder gesund bist. Das Bein behindert dich nicht mehr.«

Abrupt zog ich mir die kratzige Wollmütze über die Ohren.

»Ganz tolle Neuigkeiten.«

Ich gab mir wirklich große Mühe, froh zu klingen, und versuchte, auch froh zu sein, denn der Hund war aufgeregt und sehr stolz auf seine Leistung.

Ich wackelte ein bisschen mit dem Stiefel, um die Maus abzuschütteln. Dann beugte ich mich hinab, schlang meine Arme um den Hals des Hundes und drückte ihn fest an mich.

»Das hast du richtig gut gemacht, mein Lieber«, sagte ich. »Ich bin stolz auf dich. Aber die Maus gehört natürlich dir. Jetzt, wo du sie mir gezeigt hast, kannst du sie fressen.«

Ich hob den schlaffen, kleinen grauen Körper hoch und streckte ihn dem Hund entgegen.

Wieder reckte er die fleckige Schnauze in die Luft.

»Ruuuu.«

Und in diesem einen Laut lag alles. Er sagte mir, wie aufregend es war, draußen in der Welt gewesen zu sein und etwas geschafft zu haben.

Ich betrachtete den Hund, und er nahm mir die Maus ganz elegant aus der Hand und trug sie zu seinem Lager. Dort setzte er sich hin, die Trophäe zwischen den Zähnen, und begann sie zu zermalmen.

25 Gerettet

»Der Hund kann wieder jagen, Daddy!«

Es war mein vierter Versuch an diesem Abend, mich beim Essen zu unterhalten. Obwohl ich es sehr ermutigend fand, dass der Hund weder geknurrt noch gebellt hatte, als Daddy nach Hause kam, sondern ihn nur mit angelegten Ohren böse angeschaut hatte, schien mein Vater keine Lust zu haben, darüber zu reden. Und dass das neue Hobby des Hundes das Einsammeln von Kiefernzapfen war, fand er auch nicht bemerkenswert. Ebenso wenig wie die Tatsache, dass der Kaiser Konstantin ein Christ geworden war.

Aber dass der Hund sein eigenes Futter fing, lag wie ein Stein auf meinem Herzen. Also probierte ich es noch einmal.

»Er hat heute eine Maus gefangen. Er hat ganz lange darauf gewartet, unheimlich geduldig. Und als die Maus aus ihrem Loch guckte, hat er sich schnell wie der Blitz daraufgestürzt!«

»Hmpf.«

Daddy hatte mit seinen Fallen wieder nichts erwischt und das machte ihm wahrscheinlich das Herz schwer.

»Ich habe Angst, dass er weiterzieht, wenn er für sich selber sorgen kann.«

»Schon möglich.«

»Ich hab mir etwas überlegt, Daddy. Um ihm zu zeigen, wie sehr ich hoffe, dass er nicht weggeht, wie sehr ich mir wünsche, dass er bleibt.«

»Ein Hund tut, was er eben tut, Dessa Dean.«

»Aber ich wollte ihm zu Weihnachten etwas Besonderes schenken.«

»Ich glaube, für Hunde ist das ein Tag wie jeder andere.«

»Trotzdem – ich will, dass er sich wie ein Teil der Familie fühlt. Deshalb möchte ich, dass er zu Weihnachten ein Geschenk bekommt. Ich hätte gern einen von den schweren Beinknochen des Rehs für ihn, Daddy. Ich möchte den Knochen mit Soße begießen, sich richtig vollsaugen lassen und trocknen und dem Hund dann schenken.«

»Wahrscheinlich werden wir zu Weihnachten alle an Knochen nagen, wenn ich nicht bald etwas Glück habe oder das Wetter warm genug bleibt, so dass die Strömung des Baches das Eis an den Angelplätzen auftauen lässt.«

Daddy schob seinen Stuhl zurück, stand auf und blies die Flamme der Petroleumlampe aus.

»Ich gehe ins Bett. Lass den Hund raus!«

Aber anstatt still zu sein und sich ruhig hinzulegen, um Daddy noch eine Nacht lang zu zeigen, was für ein guter Hund er sein konnte, was doch so wichtig war, fing er sofort an zu jaulen.

Ich versuchte es mit einer Schüssel Gemüse.

Er jaulte.

Ich deckte ihn zu.

Er heulte.

Ich konnte fast hören, wie Daddy sich wünschte, der Hund würde bloß endlich verschwinden.

Ich wollte unbedingt, dass er still war.

Also schlüpfte ich in meine Socken, zog mir die Mütze über die Ohren, tippelte auf Zehenspitzen zwölf winzige Schritte zum Stuhl, über dem mein Mantel hing, schlüpfte hinein, ging wieder an mein Bett und steckte meine kalten Beine in die kalten Beine meiner Hose. Dann klaubte ich die restlichen drei Decken zusammen und schlich mich zur Tür.

Ich öffnete sie einen Spaltbreit und spähte hinaus. Kalte Luft biss mich in die Nase.

Der Hund setzte sich auf und die lange Schnauze streckte sich mir entgegen.

»Hund? Ich lege mich gleich hier neben die Tür. Ich bin die ganze Nacht bei dir, du kannst also ganz beruhigt sein. Sei jetzt schön still und schlaf!«

Der Hund rollte sich zusammen und vergrub die Nase unter seinem warmen Schwanz. Er seufzte tief und sagte kein Wort mehr.

Ich zog die Tür vorsichtig zu und kuschelte mich gleich neben der Tür in meine Decken. Trotzdem war mir die ganze Nacht eisig kalt, ganz egal, wie viele Decken unter oder über mir lagen.

Erst in der grauen Morgendämmerung schlief ich ein, und kurz darauf schreckte mich Daddys Stimme aus dem Schlaf.

»Was zum Kuckuck, Dessa Dean?«

Ich fror zu sehr und war zu müde, um richtig antworten zu können, und raffte nur meine Decken zusammen, schlurfte zu meinem Bett, warf die Decken darauf, krabbelte darunter und schlief wieder ein.

Als ich endlich wieder aufwachte, war später Vormittag. Nur ein paar von Mamas Weihnachtssternen warfen noch tanzende Lichter an die Wand, aber schon diese wenigen machten mich froh. Ich streckte die Arme aus, um den Schlaf herauszuschütteln, und als ich sie wieder auf die Decke legte, erschrak ich.

Meine Hände lagen auf etwas Warmem, Feuchtem, Klebrigem. Ich konnte mir nicht vorstellen, was es war, und als ich sie wieder anhob, waren sie voller Blut. Ich schrie so laut, dass der Hund vom Ofen angetrottet kam. Ich starrte auf meine blutigen Hände und warf die Decken zurück, sprang aus dem Bett und zermarterte mir das Hirn, was das bloß sein konnte, kam aber nicht darauf.

Der Hund leckte mir das Blut von einer meiner Handflächen. Dann steckte er seine Nase unter die oberste Decke, die ich zurückgeschlagen hatte. Er stieß den Kopf zwischen die gefalteten Hälften, und als er wieder zum Vorschein kam, hatte er ein totes Kaninchen im Maul. Ein großes, schönes Kaninchen. Und genau wie die Maus am Tag zuvor ließ er das tote Tier sanft vor meine Füße fallen.

Ein Lächeln breitete sich über mein Gesicht.

»Hund, ich glaube, du hast unser Weihnachtsessen gerettet!«

26 Der Weihnachtsabend kommt

Du heißt nicht zufällig Jäger?«, fragte ich den Hund, während ich mir die Hände wusch, nachdem ich dem Kaninchen das Fell abgezogen und es ausgeweidet hatte. Der Hund kaute auf den Ohren herum, die ich ihm überlassen hatte.

Er blickte nicht auf.

»Wie lange willst du deinen Namen eigentlich noch geheim halten?«

Immer noch nichts.

»Weißt du, was wir mit den Kiefernzapfen anfangen können, die du gestern gesammelt hast? Mir ist was eingefallen.«

Der Hund beschäftigte sich weiter mit den knorpeligen Kaninchenohren und ignorierte mich. Ich schleppte die Zapfen ins Haus und verstreute sie auf dem Tisch. Dann holte ich Mamas Schachtel mit Krimskrams.

»Ich wusste doch, dass da was drin ist.«

Ich zog ein langes, rotes geflochtenes Band aus dem Kasten, das ich mit Mamas Zackenschere in einzelne Stücke schnitt. Um jeden Kiefernzapfen außer einem band ich ein Stück und verknotete die Enden zu einer Schlaufe. Dann ging ich durch die Hütte und hängte überall Weihnachtszapfen auf, an die Stuhllehnen, an den Türriegel, an die Knöpfe der

Schränke. Ich trat einen Schritt zurück und betrachtete mein Werk.

Die Zapfen sahen wie kleine Weihnachtsgeschenke aus, kleine Gaben aus dem Wald. Sie waren wunderschön.

Ich lächelte in mich hinein und dachte, dass es zwar keine neuen Blechsterne mehr geben würde, wir aber mit Hilfe des Hundes etwas anderes Schönes zu Weihnachten hatten.

»Danke, Hund«, sagte ich.

Ich konnte es kaum erwarten, dass Daddy nach Hause kam und ich ihm den neuen Weihnachtsschmuck und den Weihnachtsbraten zeigen konnte, den uns der Hund gebracht hatte. Mein Aufsatz über Kaiser Konstantin war die letzte Schularbeit in dieser Woche gewesen, und so hatte ich den ganzen Tag Zeit, die Hütte gründlich auf Vordermann zu bringen. Mama hatte immer darauf bestanden, dass sie an den Feiertagen sauber war. Früher war mir das egal gewesen, aber in diesem Jahr kam es mir wichtig vor. Es war auch dringend nötig, die Hütte mal ordentlich durchzuputzen, denn jetzt, wo der Hund da war und die Tür meistens offen stand, waren überall Pfotenabdrücke, und alles war voller Hundehaare und Staub und Dreck.

Ich war überrascht, als Daddy plötzlich zur Tür reinkam, denn der Hund hatte gar nicht gebellt und ich war so vertieft darin, die Hütte in Ordnung zu bringen.

Daddy schaute sich um und sah, wie sauber es war und dass überall neuer Weihnachtsschmuck hing. Er schüttelte traurig den Kopf.

»Dessa Dean, das hast du gut gemacht. Es sieht wunderschön aus.«

»Ja, Daddy. Das haben wir alles dem Hund zu verdanken. Er hat die Kiefernzapfen gesammelt. Ich habe nur die Bänder drangemacht.«

»Und ich wäre froh, wenn ich was zum Essen beitragen könnte, aber ich kann es nicht. Ich bringe wohl am besten ein paar Rehhaxen rein. Vielleicht kannst du uns morgen eine schöne Suppe kochen.«

»Oh!« Das Kaninchen hatte ich ganz vergessen. »Daddy, mach mal kurz die Augen zu!«

»Wie bitte?«

»Mach deine Augen zu, nur eine Minute lang. Der Hund hat uns ein Weihnachtsgeschenk gebracht.«

»Dessa Dean!« Daddys Stimme klang ungeduldig und müde. »Ich hab mich um wichtigere Dinge zu kümmern als um Kiefernzapfen von einem Hund.«

»Daddy, bitte! Es ist was Wichtiges. Wichtig und wunderbar.«

»Hmpf.«

Aber er machte trotzdem die Augen zu.

Ohne ein Wort zu sagen, winkte ich den Hund heran. Gemeinsam holten wir die Pfanne, in der das Kaninchen lag. Ich hatte Eis und Schnee von der Veranda gekratzt und das Kaninchen darin eingepackt. Die Pfanne hatte ich mit einem Geschirrtuch abgedeckt, damit es eine Überraschung blieb.

Jetzt zog ich das Tuch langsam herunter, nahm die Bratpfanne vorsichtig in beide Hände und machte acht Schritte auf Daddy zu, der mit hängenden Schultern dastand und sich mit seiner roten, aufgesprungenen Hand die Augen zuhielt. Der Hund lief neben mir her.

»Gut. Jetzt kannst du sie wieder aufmachen.«

Daddy öffnete die Augen und blickte von meinem Gesicht in die Pfanne, stieß ein Atemwölkchen durch die Nase aus und schaute auf den Hund.

»Ich werd verrückt! Das hat er gefangen?«

»Hat er! Er hat unseren Weihnachtsbraten gefangen.«

»Was bist du für ein guter Hund!«, sagte Daddy, streckte, ohne zu zögern, die Hand aus und tätschelte dem Hund den Kopf. »Dessa Dean, dafür kriegt er eine Extraportion. Jäger müssen bei Kräften bleiben.«

Der Hund war so überrascht, dass er weder knurrte noch die Ohren anlegte. Er ließ es einfach zu, dass er von Daddy gelobt und gestreichelt wurde.

Aber Daddys nette Worte genügten nicht, um ihn auf der kalten Veranda ruhig zu halten, als Schlafenszeit war.

Der Hund winselte. Er jaulte und knurrte und heulte jämmerlich.

»Daddy?« Ich flüsterte, obwohl ich wusste, dass er nicht schlief.

Er brummte.

»Daddy, kann der Hund nicht wenigstens heute Nacht in der Hütte schlafen, und wir lassen die Tür einen Spaltbreit offen?«

»Mit so was soll man gar nicht erst anfangen.«

»Aber morgen ist Weihnachten! Und er hat uns doch das Weihnachtsessen gebracht. Ohne ihn könnten wir uns nur auf eine Knochensuppe freuen.«

Daddy blieb lange still.

Endlich ertönte ein tiefer Seufzer.

»Hol mir den Hammer und zwei oder drei Nägel. Ich mache eine Decke am Türrahmen fest. Das hält wenigstens die kalte Luft etwas ab.«

Der Hund war heilfroh, dass er reinkommen durfte. Er ging sofort zum Ofen, drehte sich dreimal um sich selbst und rollte sich zusammen. Aber kaum hatte Daddy eine Decke vor den Türspalt genagelt, fing der Hund wieder an zu jammern und zu heulen. Er tappte zur Tür, legte sich vor die Decke und schob die Nase darunter, so dass er die frische Luft riechen konnte, und blieb die ganze Nacht dort.

Noch lange nachdem sich der Hund wieder beruhigt hatte und lange nachdem Daddy sein Schnarchkonzert begonnen hatte, lag ich wach und wartete. Ich wartete, bis Mitternacht vorbei sein musste und richtig Weihnachten war. Jedes Jahr hatte ich mit Mama nachts ausgeharrt, und als ich noch zu klein war und nicht wach bleiben konnte, hatte mich Mama nach Mitternacht geweckt.

Dann waren wir leise zum Adventskalender gegangen, und Mama hatte mir geholfen, das Christkind aus der Tasche mit der 24 zu holen und an seinem Geburtstag in der Krippe festzumachen.

Und jetzt, als ich sicher war, dass ich lange genug gewartet hatte, krabbelte ich aus den warmen Decken und schlich mich auf Zehenspitzen siebzehn Schritte weit zum Kalender, und beim Schein der Glut im Ofen knipste ich das Jesuskind fest.

27 Das beste Porzellan der Mama von Mamas Mama

»Frohe Weihnachten, Dessa Dean.«

Daddys rissiger Handrücken, kalt von der Winterluft, berührte leicht meine Wange. Es war immer noch dunkel in der Hütte, aber klar und deutlich zu erkennen, wie sanft Daddy gestimmt war.

»Frohe Weihnachten, Daddy«, sagte ich und setzte mich auf.

Ich hörte, wie sich der Hund an der Tür regte, hörte, wie seine Krallen auf dem Fußboden scharrten, als sich zuerst die eine und dann die andere Hälfte streckte, und ich hörte, wie er sein Fell für den Tag in Form schüttelte.

Er kam angetrottet und leckte meine Hand.

»Auch dir frohe Weihnachten, Hund«, sagte ich.

»Dessa Dean, ich werde heute lange draußen sein. Ich lege meine Fallen mal woanders aus und hoffe, damit mehr Glück zu haben. Erwarte mich also erst zurück, wenn es schon dunkel ist.«

»Ja, Daddy.«

»Ich rieche Schnee in der Luft und habe mehr Holz reingebracht, aber mach die Tür nicht weiter auf als nötig.«

»Ja, Daddy.«

Daddy schien über Nacht gesprächig geworden zu sein. Vielleicht lag es ja an den Feiertagen, dass er plötzlich Lust hatte, so viel zu reden.

»Dessa Dean, deine Mama hätte gewollt, dass wir das Fest richtig feiern. Ich möchte deshalb, dass du für das Weihnachtsessen heute Abend das beste Porzellan herausholst.«

In der dunklen Stille atmete ich hörbar ein.

Mamas bestes Porzellan stand hoch oben im Schrank.

Und es war schwer. Ziemlich schwer.

Mama hatte mir nie erlaubt, es herunterzuholen. Es hatte mal ihrer Mama gehört und davor der Mama ihrer Mama. Und dass es all die Jahre überstanden hatte, ohne zu Bruch zu gehen, oder angeschlagen zu werden, lag sicher daran, dass es nur erwachsene Frauen in die Finger bekamen.

»Du bist alt genug. Du schaffst das«, sagte Daddy. »Pass halt gut auf.«

Daddy hatte anscheinend meine Gedanken gelesen.

»Ja, Daddy.« Ich flüsterte, weil ich mir da gar nicht so sicher war.

Daddy stand auf und stapfte zur Tür. Die Fallen schlugen klirrend aneinander, als er sie vom Boden aufhob und sich über die Schultern warf.

Er öffnete die Tür ganz weit, und die Kälte fegte herein.

Daddy trat hinaus. Dann drehte er sich noch einmal um und sah mich an. Seine Stimme lächelte.

»Ich habe für den Hund einen Knochen reingeholt. Er liegt auf dem Schneidebrett.«

»Oh danke, Daddy! Das ist für ihn das schönste Geschenk. Er wird sich riesig freuen!«

»Hmpf. Mach deine zwölf mal zwölf!«, sagte Daddy.

Und er marschierte los.

Ich sprang unter den Decken hervor, schlüpfte in meine Sachen und machte dem Hund und mir Frühstück. Ich wollte ihn möglichst schnell aus der Hütte scheuchen, damit ich mich um seine Überraschung kümmern konnte.

Aber der verflixte Hund hatte andere Pläne. Er wollte gemütlich frühstücken. Er wollte sogar *zweimal* gemütlich frühstücken, und dann versuchte er, vor dem Ofen ein Loch zu graben, und kratzte auf dem Holzboden herum. Er ignorierte mich vollkommen, als ich zur Tür schwänzelte und einladende Sachen wie »Lieber Hund, die Sonne ist aufgegangen, und ich glaube, ich sehe da draußen eine Maus, die sich unbedingt fangen lassen will« sagte, oder: »Der Schnee sieht heute Morgen so richtig zum Rumspringen aus, findest du nicht, Hund?« Oder: »Geh lieber gleich raus, Hund! Daddy hat gesagt, es wird wieder schneien. Du willst doch nicht im Schneesturm durch die Gegend laufen, oder?«

Doch der Hund hatte seinen eigenen Kopf. Er rührte sich nicht von der Stelle. Also fing ich mit Daddys Weihnachtsgeschenk an, denn er war schließlich so nett gewesen, die Hütte zu verlassen, als es Zeit dazu war.

Ich schob die kleine Trittleiter vor den Küchenschrank, in dem Mama die Backutensilien aufbewahrte, und kletterte auf die höchste Stufe. Dann langte ich auf dem untersten Regalbrett nach hinten, hinter das Mehl, das Salz und all die kleinen zugeschnürten Säckchen mit getrockneten Kräutern.

Ich holte einen vollen Sack Zucker hervor, die schwere

Glasflasche mit dem Maissirup, sieben Walnüsse und das Kostbarste von allem – die beiden dicken Tafeln Schokolade, die Daddy im Sommer gekauft hatte, als Mama ihn dazu überredet hatte.

Ich wusste, dass Daddy von den heißen, trockenen Sommertagen bis zur Kälte des Winters genügend Zeit gehabt hatte, die Schokolade zu vergessen. Und bei allem, was inzwischen passiert war, hatte er sowieso ganz andere Sachen im Kopf gehabt. Im Sommer war ich zu hundert Prozent sicher gewesen, dass sein Geschenk eine Überraschung für ihn sein würde. Jetzt war ich fast zu zweihundert Prozent sicher.

Ich schob den Hund ein Stück vom Ofen weg, damit ich das Feuer schüren konnte, und legte ein schönes dickes Kiefernscheit auf. Dann nahm ich die Walnüsse in beide Hände, trug sie auf die Veranda und schlug sie mit Daddys Hammer in kleine Stücke. Ich pickte die Nüsse aus den Schalen, fegte die Überreste sorgfältig von der Veranda und schaufelte Schnee darüber. Ich wollte keine Spuren hinterlassen und Daddy auf Ideen bringen, falls er doch noch vor Einbruch der Dunkelheit wiederkam.

Den Maissirup und den Zucker brachte ich auf der Herdplatte in Mamas allerschwerstem Topf zum Kochen, damit der Zucker nicht anbrannte – genau so wie Mama es mir beigebracht hatte. Langsam und mit aller Kraft rührte ich mit dem langen Holzlöffel im Topf, um den dicken Sirup mit dem Zucker zu vermischen. Ich dachte, mir würde der Arm abfallen, weil es so anstrengend war.

Als der Zucker endlich geschmolzen war, brach ich die Schokolade in kleine Stücke und ließ sie in den Topf fallen. Ein

Bröckchen steckte ich mir in den Mund – es ging einfach nicht anders. Aber ich kaute nicht darauf herum, ich ließ die Schokolade ganz, ganz langsam auf der Zunge zergehen.

Nachdem ich die Schokolade in den Topf geworfen hatte, musste ich wieder rühren. Ich probierte es mit dem linken Arm, um meinem rechten eine Ruhepause zu gönnen, aber der linke stellte sich furchtbar ungeschickt an und war keine Hilfe.

Schließlich waren die Zutaten miteinander vermischt und alles war schokoladenbraun. Ich warf die Walnussstückchen hinein und rührte noch ein bisschen weiter. Dann goss ich die Masse in eine von Mamas viereckigen Backformen, breitete ein sauberes Geschirrtuch drüber, damit kein Schmutz hineinfiel und sich keine Tiere darüber hermachten, und trug die Form auf die Veranda, damit die Schokomasse hart wurde. Ich stellte sie mitten auf das Brett mit dem Wolfskopf.

Dann machte ich fünfzehn Schritte rückwärts ins Haus bis zum Ofen und stellte mich vor den Hund.

Der Hund schlief.

Ich verschränkte die Arme und tappte mit der Fußspitze auf den Boden.

Der Hund schlief weiter.

»Hund«, sagte ich, »mit Daddys Geschenk bin ich fertig. Jetzt ist deins dran. Heute ist Weihnachten, Hund.«

Seine Augenbrauen zuckten und die Pfoten paddelten. Er schien mal wieder hinter einem Kaninchen her zu sein.

Also nahm ich mir die nächste Aufgabe vor, die zu erledigen war – das Tischdecken. Dazu schob ich die Trittleiter wieder zum Schrank und kletterte auf die oberste Stufe. Ich machte die

Schranktür auf und schaute zu den obersten beiden Brettern hoch, auf denen Mamas bestes Porzellan stand, ordentlich gestapelt und nicht angeschlagen.

Ich blickte wieder auf den Hund und starrte ihn eine Minute lang an in der Hoffnung, dass er aufwachte und hinauswollte.

Aber er hatte das Kaninchen noch nicht gefangen. Die großen, dicken Pfoten rannten immer noch, und ich wusste, dass er die Verfolgung so schnell nicht aufgeben würde.

Also kniete ich mich auf die Arbeitsfläche, hielt mich an der Schrankseite fest und stellte mich hin. Es war so hoch! Ich fühlte mich gar nicht wohl, so weit vom Fußboden entfernt. Mir war ein bisschen schwindlig. Ob es Daddy wohl manchmal auch so ging, weil er so groß war?

Mama hatte das gute Porzellan ganz weit nach hinten geschoben, damit es ja nie aus Versehen herunterfiel. Ich tastete mit der Hand nach dem obersten Brett über meinem Kopf. Da standen die Essteller. Ich musste zwei von ihnen herunterholen.

Auf den Tellern ruhte die Soßenschüssel. *Vielleicht*, dachte ich, *vielleicht sollte ich lieber etwas anderes kochen, einen schönen Eintopf mit kleinen Kartoffelstücken anstatt Kartoffelbrei. Dann brauchte ich die Soßenschüssel nicht. Und statt der Essteller könnte ich die Suppenteller benutzen, die auf dem unteren Regalbrett standen.*

Ich hatte mir das Ganze schon ziemlich gut eingeredet, als ungebeten meine sture Ader zum Vorschein kam. *Dessa Dean, Mama würde wollen, dass du das beste Essen für Daddy machst, das du kochen kannst, vor allem in diesem Jahr. Eintopf genügt nicht.*

Ich wusste, dass ich Recht hatte.

Ich atmete so tief aus, dass meine Ponyfransen flatterten, und während ich mich mit einer Hand an der Kante des Küchenschranks festklammerte, tastete die andere nach der Soßenschüssel. Meine Finger krallten sich um den Henkel und packten ihn so fest, dass es ein Wunder war, dass er nicht abbrach. Ich zog das zerbrechliche Stück heraus, ging in die Hocke und schob es auf der Arbeitsfläche ganz weit nach hinten. Vorsichtig trat ich rückwärts auf die Trittleiter und wartete, bis ich mit den Füßen fest auf dem Fußboden stand, bevor ich die Soßenschüssel wieder anfasste. Mit beiden Händen trug ich sie zum Tisch und setzte sie ganz, ganz langsam in der Mitte der Tischplatte ab, wo sie am sichersten war. Dann trat ich zurück, wischte mir die Handflächen an der Hose ab und betrachtete die Schönheit des Musters auf dem Porzellan.

Wie das ganze Service hatte auch die Soßenschüssel einen weißen Hintergrund, über den sich zarte rosa Rosen rankten. Der feine Rand war aus echtem hundertprozentigem Gold. Sie war wunderschön. Ich musste beim Anschauen an Mama denken und mein Herz tat weh.

Ich machte mich schnell wieder an die Arbeit und ging zur Trittleiter.

Mir wurde flau im Magen, als ich die Essteller vom Regalbrett nahm, denn sie waren sehr groß, und ich musste sie mit beiden Händen packen. Ich ertastete den Rand der Arbeitsfläche mit dem Fuß, weil ich Angst hatte, abzustürzen. Das wäre das Ende von mir *und* den Tellern gewesen!

Ich war sehr erleichtert, als ich sie auf Daddys und meinem Platz absetzen konnte, weit von der Tischkante entfernt.

Das Schwierigste war geschafft. Und obwohl die große Fleischplatte so schwer war, dass meine Arme zitterten, als ich sie aus dem Schrank nahm, war es bedeutend einfacher, sie aus dem mittleren Fach zu holen als die Teller vom obersten Brett. Anschließend nahm ich noch zwei feine Kristallgläser heraus, um deren Mitte herum kleine Blumen eingeritzt waren. Dann stellte ich die schönen Kerzenständer dazu, die zu den Gläsern passten, und steckte die schlanken braunen Bienenwachskerzen hinein, die Mama und ich selbst gepresst und gerollt hatten. Am Schluss kam noch der kleine Teller dazu, auf den ich Daddys Schokokaramell legen wollte. Der Esstisch sah fein und vornehm und richtig weihnachtlich aus. Ich war sehr stolz, dass ich nichts zerbrochen oder angeschlagen hatte, und war sicher, dass auch Mama mit mir zufrieden gewesen wäre.

Ich wusste, wenn ich zu lange dastand, würde ich traurig werden, und das wollte ich nicht. Absolut nicht. Also befahl ich meinen Augen, zum Hund hinüberzuschauen. Es war höchste Zeit, dass er aufwachte und ein bisschen kooperierte.

»Hund«, sagte ich. »Es ist höchste Zeit, dass du aufwachst und ein bisschen kooperierst. Wie soll ich mit deinem Geschenk fertig werden, wenn du dich den ganzen Tag vor dem Ofen herumlümmelst? Wach auf!«

Das tat er dann auch.

»Ou-ouuuu!« Und damit trottete er aus der Tür.

28 ~ *Das Karamell, der Knochen und das Kaninchen*

Gott sei Dank, dachte ich und begann, in der großen gusseisernen Pfanne Fett zu erhitzen. Ich tat eine Tasse voll, also ungefähr ein halbes Pfund, in die Pfanne und sah zu, wie sich das Fett aus einem festen weißen Klumpen in eine graue Suppe verwandelte. Als es schön heiß war, legte ich den Beinknochen des Rehs hinein und übergoss ihn mit dem Fett. Am Knochen war immer noch ein bisschen Fleisch, das würde ihn für den Hund sicher ganz besonders köstlich machen. Als ich den Knochen siebzehn Mal begossen hatte und er fast im Truthahnfett ertrank, tat ich ihn in eine feuerfeste Form, die ich in die Bratröhre des Ofens schob. Dann legte ich noch ein Holzscheit auf, damit der Ofen richtig heiß wurde. Ich wollte den Knochen schön lange backen, damit das Fett tief ins Innere des Knochens drang. Anschließend würde ich ihn abkühlen lassen und das Ganze wiederholen. Der Hund würde begeistert sein!

Während ich auf den Knochen wartete, machte ich sechzehn Schritte auf die Veranda hinaus zum Brett mit dem Astloch, das wie ein Wolfskopf aussah, um nach Daddys Schokoladenkaramell zu sehen. Es war schön hart geworden, einfach perfekt, und ich trug die Backform zum Schneidebrett ins Haus. Ich nahm Mamas längstes Messer aus der Besteckschublade und übte mit Daddys

Karamell Dividieren. Der erste Schnitt ging durch die Mitte, so bekam ich zwei Hälften. Dann halbierte ich die Hälften und hatte vier Teile, also Viertel. Dann halbierte ich die Viertel, so dass ich Achtel bekam, drehte die Form um eine Viertelumdrehung und fing an, in die andere Richtung zu schneiden. Ich machte nur fünf kurze Schnitte, damit die Stücke nicht zu klein wurden. Also hatte ich am Ende achtundvierzig Karamellstücke oder vier Dutzend oder achtmal sechs, was mich daran erinnerte, dass mir immer noch keine Zwölf-mal-zwölf-Aufgabe eingefallen war.

Mit der stumpfen Spitze des Messers hob ich jedes einzelne Karamellstück hoch und baute auf Mamas kleinem Porzellanteller eine Pyramide wie im alten Ägypten. Alle rosa Rosen waren verdeckt, nur die schmale goldene Linie umrandete die Karamellpyramide. Ein herrlicher Anblick!

Während ich dastand und das Ganze betrachtete, hatte ich das Gefühl, dass Mama bei mir war, dass sie neben mir stand und mein Werk bestaunte – das Geschenk, das wir geplant hatten, als sie noch lebte und geglaubt hatte, noch eine Weile leben zu dürfen. Ich musste lächeln, obwohl mir eine Träne übers Gesicht lief und auf den Tisch tropfte.

Ich wischte meine Wange trocken und machte weiter. Der Knochen in der Bratröhre erfüllte die Hütte mit einem warmen, fleischigen Duft. Ich holte die Form mit einem gefalteten Geschirrtuch aus dem Ofen und stellte sie auf die Herdplatte. Der Knochen war schon schön braun geworden. Ich trug ihn hinaus zum Wolfskopfbrett auf der Veranda, damit er schnell abkühlte und ich ihn noch einmal begießen und trocknen konnte, bevor der Hund beschloss, nach Hause zu kommen.

Jetzt, wo ich für Daddy Schokokaramell und für den Hund den Knochen vorbereitet hatte, überlegte ich doch wieder, ob ich wohl auch etwas geschenkt bekäme. Wenn ich am Weihnachtsmorgen aufgewacht war, hatte mir Mama immer gleich mein Geschenk überreicht. Da sich Daddy wie üblich schon ganz früh auf den Weg gemacht hatte, würde es in diesem Jahr sicher nichts für mich geben. Ein trauriges Gefühl stieg in mir auf.

Aber dann sagte ich mir: *Dessa Dean, sei nicht undankbar! Du hast doch schon das allerbeste Geschenk, das es gibt. Der Hund ist zurückgekommen!*

Dieser Gedanke machte mich wieder froh, auch wenn ich mir in einem Winkel meines Herzens noch immer die Überraschung und Freude wünschte, die Mamas Geschenke mir immer bereitet hatten.

Ich blickte zum Himmel hinauf, in ein sanftes, warmes Blau. Doch über den Berggipfel schoben sich dunkle Wolken, ein leichter Wind kam auf, und ich roch Schnee, genau wie Daddy gesagt hatte.

Ich rechnete mir aus, dass das Kaninchen ungefähr eine Stunde brauchte, um weich zu werden, was bedeutete, dass ich mich besser an die Arbeit machte, es vorzubereiten und das Gemüse zu putzen und zu würfeln. Beim Gedanken an das Festmahl lief mir das Wasser im Mund zusammen und mein Magen knurrte. Also ließ ich den Knochen zum Abkühlen auf der Veranda und ging wieder ins Haus, wo ich eine mitteldicke Scheibe Brot mit Honig bestrich und mich beim Essen am Ofen wärmte.

Als mein Bauch nicht mehr knurrte, hörte ich auf zu essen, denn ich wollte viel Platz für das Kaninchen und den Kartoffelbrei lassen und … und was noch? Zu so einem herrlichen Festessen musste es auch einen besonderen Nachtisch geben. *Ich könnte eine Dose Pfirsiche öffnen*, dachte ich. *Daddy würde das gefallen.* Aber das erschien mir irgendwie nicht besonders genug. Nach all der Arbeit, die ich mir gemacht hatte – das Schmücken und Putzen und das Karamell und das Begießen des Knochens –, und nachdem der Hund uns so einen herrlichen Braten beschert hatte, schien mir das Öffnen einer Dose nicht angemessen zu sein.

Da fiel mir plötzlich Apfelkuchen ein. Wäre das nicht ein perfekter Nachtisch für unser Festmahl? Ich müsste mich aber mächtig ins Zeug legen, um all die Äpfel zu schneiden, denn auch sonst hatte ich noch reichlich zu tun.

Also holte ich schnell den Knochen für den Hund wieder ins Haus, erhitzte noch mehr Fett und begoss ihn reichlich. Dann schob ich ihn in den Ofen zurück und legte ein neues großes Kiefernscheit aufs Feuer.

Als Nächstes musste ich wieder rühren, worüber mein rechter Arm nicht begeistert war. Es war aber nicht ganz so anstrengend wie beim Karamell, denn ich musste nur Haferflocken, braunen Zucker und Zimt miteinander vermischen – Trockenes verbindet sich viel leichter mit trockenen Zutaten als mit flüssigen. Das Gleiche gilt für Flüssiges, das mit Flüssigem vermischt wird. Wie auch immer. Dann wählte ich ein halbes Dutzend kleine grüne Äpfel aus dem Vorratskorb aus. Sie waren ein bisschen runzlig, was aber nicht weiter schlimm war, und ich zerschnippelte sie, so schnell ich konnte, ohne mich in die Finger zu schneiden. In die Haferflocken schnitt ich viel kaltes Fett und verteilte die Hälfte der Masse auf dem Boden einer viereckigen Backform von Mama. Darauf legte ich die Apfelscheiben und träufelte ganz wenig Essig darüber. Dann kam der Rest der Haferflockenmischung obendrauf. Mir lief das Wasser im Mund zusammen. Ich stellte die Form auf den Tisch neben Daddys Schokokaramell, denn der Apfelkuchen musste nur eine Stunde lang backen und ich brauchte die Arbeitsfläche für meine nächste Aufgabe – Gemüse zerkleinern.

Ich holte sechs Kartoffeln. Ich wusste, dass wir nicht so viel Kartoffelbrei essen würden, aber ich dachte voraus, wie Mama es mir beigebracht hatte. Den Rest würde ich morgen zu Kartoffelplätzchen verarbeiten und braten. Dazu holte ich einen Kürbis, zwei Rüben, vier Möhren und eine dicke Zwiebel und machte mich ans Schälen und Schnippeln. Der Duft des Gemüses war süß, als ich es würfelte – es war, als ob wir wieder Herbst hätten und Mama und ich die Sachen im Garten ernteten. Ich probierte von allem etwas.

Danach stellte ich einen Topf mit Wasser für die Kartoffeln auf den Ofen und schaufelte den Rest des köstlichen Gartengemüses in Mamas größte Pfanne, häufte es an den Seiten hoch auf und ließ in der Mitte Platz für das Kaninchen. Es war Zeit, den Knochen aus dem Ofen zu holen. Er war inzwischen dunkelbraun und das Fett war mindestens zwei Zentimeter tief in den Knochen gedrungen. Ich trug den Knochen zum Abkühlen wieder auf die Veranda.

Der Himmel versteckte sich hinter den dunklen Wolken,

die sich darauf breitgemacht hatten, als ob er ihnen gehörte. Ich sorgte mich ein bisschen um den Hund, er war jetzt schon so lange draußen. Aber vielleicht wollte er uns mit einem zweiten Kaninchen überraschen. Ich hätte ihn gern gerufen, aber der Knochen war noch nicht fertig, und ich wollte dem Hund auf keinen Fall die Weihnachtsüberraschung verderben. Also machte ich vierzehn Schritte zurück ins Haus, zerteilte das Kaninchen in acht großzügige Stücke und legte sie in die Mitte der Pfanne. Bevor ich den Deckel auf die Pfanne setzte, fügte ich noch zwei Tassen Wasser hinzu, also ungefähr einen halben Liter, zerrieb etwas getrockneten Thymian, Salbei und Basilikum aus Mamas Kräutersäckchen und streute die winzigen Blättchen darüber. Dann schob ich ein neues Holzscheit ins Feuer, aber nur ein mittelgroßes, damit der Ofen nicht zu heiß wurde und das Kaninchen schön langsam briet. Ich wollte, dass das Scheit richtig brannte, bevor ich das Kaninchen auf die Herdplatte stellte. Bis es so weit war, setzte ich mich auf einen Stuhl und ruhte mich aus.

Plötzlich klapperte die Pfanne mit dem Knochen auf der Veranda. Ich blickte auf und sah einen Schatten durch den Türspalt.

Ich war froh und gleichzeitig traurig. Froh, weil der Hund nach Hause gekommen war, und traurig, weil er den Knochen gefunden hatte, der draußen abkühlte.

»Komm ruhig rein, Hund!«, rief ich. »Dann hast du dein Weihnachten eben etwas früher. Macht ja nichts.«

29 ꟹ *Doch kein Weihnachten*

Aber der Hund kam nicht rein.

»Hund?«

Keine Antwort. Es blieb ganz still.

Ich beugte mich vor und schaute zur Tür.

»Hund? Bist du's?«

Ein Prickeln fuhr von meiner Stirn blitzschnell über meinen Kopf und den Rücken hinunter, und all meine Härchen im Nacken stellten sich auf.

Hinter der Tür schnaufte und brummte es leise, und es war nicht die Stimme des Hundes.

Plötzlich hatte ich das Gefühl zu schmelzen, mein ganzer Körper, meine Beine und alles. Nur meine Augen und Ohren waren übrig.

Ich hörte, wie der Knochen des Hundes über die Veranda kollerte. Dann wurde knirschend gekaut und der Knochen splitterte. Etwas sehr Großes und Kräftiges zermalmte das Weihnachtsgeschenk des Hundes.

Meine Ohren lauschten dem Mampfen und Krachen. Meine Augen waren aufgerissen und starrten auf die Tür, als ganz, ganz langsam eine braune, gummiartige Nase und eine lange zimtfarbene Schnauze um die Ecke bogen.

In dem Moment wusste ich – jeder Zentimeter von mir wusste –, dass ein ziemlich großer Bär im Begriff war, in die Hütte zu stapfen.

Ich sprang so heftig auf die Füße, dass mir ein stechender Schmerz durch die Beine fuhr und mein Stuhl krachend zu Boden fiel. Es war ein Wunder, wie schnell meine Beine reagierten und durch die Hütte rannten, so weit von der Tür weg wie möglich, und mich mitnahmen.

Verzweifelt sah ich mich nach einem Versteck um.

Unter dem Bett? Sofort dachte ich daran, wie leicht eine Bärentatze aus vier verschiedenen Richtungen unter das Bett langen konnte, und entschied mich dagegen.

Ich drehte mich wieder zur Tür, um zu sehen, wie viel von dem Bären inzwischen in der Hütte war. Der ganze Bär! Und es war der größte Bär, den ich je gesehen hatte, länger als mein Bett, aber furchtbar mager. Er hatte einen hungrigen Blick und sah mir direkt ins Gesicht.

Seine langen schwarzen Krallen klackerten auf dem Holzfußboden. Dann blieb er wieder stehen, die Nase hoch in der Luft, und schnüffelte und schnüffelte. Er schwenkte den breiten Kopf hin und her und sog die verschiedenen Essensgerüche vom Schneidebrett, vom Tisch und von der Herdplatte ein.

Ich sollte es ausnutzen, dass er von den Düften abgelenkt wird, dachte ich, *und den Abstand zwischen uns vergrößern*. Aber meine Beine schienen mir nicht mehr zu gehorchen. Sie fühlten sich an wie Blei und schafften es nur, sich ganz langsam rückwärts zu bewegen, egal, wie sehr ich in Gedanken auf sie einschrie. Nach nur fünf zittrigen Schritten pressten sich meine Waden an die

Weihnachtstruhe, und dann gab es kein Rückwärts mehr, nicht schnell und auch nicht langsam.

Der Bär stapfte weiter, ratatapp, ratatapp. Seine Gumminase zuckte, schnüffelte und streckte sich mir entgegen.

Die goldenen Augen bohrten sich in meine, und aus dem Innern des Bären kam ein tiefes, böses Knurren. Er sah mich abschätzend an und schien sich auszumalen, ob er noch Platz für einen Nachtisch hätte, wenn er mit mir fertig war.

Meine Hände fummelten hinter meinem Rücken herum, krabbelten über den Deckel der Truhe und versuchten davonzulaufen, und mein Verstand wollte das auch, aber ich konnte mich auf so etwas Praktisches wie Überleben nicht konzentrieren, sondern dachte in einem fort, dass ich mir noch eine Zwölf-mal-zwölf-Aufgabe ausdenken musste, damit ich keinen Ärger mit Daddy bekam.

Und da mein Hirn nicht länger klar denken konnte, schienen meine Hände das zu übernehmen; beim Herumtasten an der Truhe machten sie am Deckelrand Halt und rissen ihn hoch. Das setzte mein Hirn wieder in Gang. *Spring rein!*, rief es mir zu, also kletterte ich in die winzige Höhle und klappte den Deckel über mir zu.

Ich saß ganz still in der dunklen Truhe, die Knie angezogen bis zur Brust, das Gesicht zwischen die Beine gedrückt. Mein Herz schlug heftig gegen meine Rippen, mein schnaufender Atem war laut. Viel zu laut.

Ratatatapp, ratatatapp drang es von draußen in meine Ohren. Der Bär kam mir hinterher.

Die schmale Ritze am Deckelrand verdunkelte sich, als der

große Bär vor der Truhe stehen blieb. Direkt neben meinem Ohr, auf der anderen Seite des dünnen Holzes, schnüffelte er laut und hungrig und sog meinen Geruch tief in sich hinein. Seine Nase fuhr an der Ritze entlang, hin und her, schnüffelte und erschnupperte mich.

Ich drückte mich noch flacher auf den Boden, und dann versuchte ich, mich seelisch darauf vorzubereiten, dass der Bär den Deckel hob und ich in seinen Schlund starrte.

Doch – kaum zu glauben – das Klackern seiner Krallen entfernte sich. Durch den Spalt schien wieder Licht. Der Bär ließ von mir ab!

Was dann an meine Ohren drang, war fast genauso schmerzlich, wie gefressen zu werden. Es war das Klirren und Scheppern von Mamas Porzellan, das auf den harten Fußboden krachte.

Ich spähte mit einem Auge durch den Spalt in unsere Hütte. Der verflixte Zimtbär hatte sich über mein perfektes Schokokaramell hergemacht! Die Soßenschüssel hatte er bereits vom Tisch gestoßen; sie lag in tausend Trillionen von herzzerreißenden Splittern auf dem Boden. Jetzt musste ich zusehen, wie der Bär seine Schnauze reckte, um an den ungebackenen Apfelkuchen heranzukommen. Er stellte sich auf die Hinterbeine; sein Fell saß so locker, dass es an ihm herumschlackerte. Um das Gleichgewicht zu halten, stützte er sich an der Tischkante ab, während er den Apfelkuchen verschlang. Der Tisch schwankte und schließlich kippte er dem Bären entgegen. Der Bär brummte und machte einen Schritt zurück, so dass der Tisch umfiel und mit ihm die Platten, die Teller, die Kristallgläser, die Kerzenhalter und die Kerzen.

Obwohl ich unwillkürlich die Arme hochriss, um alles aufzufangen und das beste Porzellan von der Mama von Mamas Mama zu retten, segelte alles über die Tischkante und landete klirrend auf dem Boden und zerbrach. Es zersprang in lauter Scherben und funkelnde, gezackte Glasblumensträuße und zersplitterte rosa Rosen, und jede Scherbe schien sich immer noch tiefer in mein Herz zu graben.

Meine Augen füllten sich mit Tränen, als ich sah, wie der Zimtbär durch die Hütte watschelte und sich nicht darum scherte, was er angerichtet hatte, wie er durch Mamas zerschmettertes Porzellan tappte und sich das Maul leckte, nachdem er Daddys Geschenk und unseren schönen Nachtisch verschlungen hatte. Er trottete zum Ofen hinüber. Ratatatapp machten die langen Krallen. Hin zu den aufgehäuften Kartoffeln, die darauf warteten, ins kochende Wasser geworfen zu werden, und hin zur Bratpfanne, die mit Mamas Gartengemüse und dem Weihnachtsbraten gefüllt war, den der Hund uns geschenkt hatte.

Der Zimtbär stellte sich wieder auf die Hinterbeine und steckte die lange Schnauze in den Dampf, der aus dem Topf kam, jaulte und machte einen Schritt zurück. Er hatte sich die nichtsnutzige Nase im heißen Dampf verbrannt, was mich freute.

Der Bär tappte auf die andere Seite des Ofens und schnappte sich vornehm eine Kartoffel nach der anderen vom Teller.

Danach interessierte er sich für die Pfanne und schob den Deckel mit der Schnauze herunter. Ich drehte mich von der Ritze weg und senkte den Kopf wieder zwischen die Knie, und der klappernde Deckel wurde zum heulenden Wind, als sich ein Albtraum auf mich stürzte, um mich zu packen. Ich spürte, wie ich tiefer und tiefer in die beißende Kälte und den blendend weißen Schnee gezogen wurde.

Doch plötzlich durchdrangen ganz neue Laute den dämpfenden Schleier des Schneegestöbers – lauter als der grausame Wind.

Hundegebell.

Oh, lieber Gott, nein!, schrie ich im Kopf, und der Schnee verschwand, der Wind erstarb, und ich war wieder in der Weihnachtstruhe. Ich drückte ein Auge an die Ritze.

Zuerst sah ich nur den Bären, der sich am Ofen aufgerichtet hatte. Er hielt die Pfanne zwischen seinen großen Vordertatzen und schleckte die letzten Tropfen vom Boden.

Das Kaninchen war samt Knochen verschwunden.

Jeder einzelne Kürbis-, Rüben- und Möhrenwürfel war im Bauch des Bären gelandet.

Mein Blick wanderte von ihm zur Tür und blieb auf dem schönen braunen Kopf des Hundes liegen. Er hatte das Maul genauso weit aufgerissen wie der Bär und bellte, als ob er Daddy die Stirn bieten wollte und nicht einem wilden Raubtier. Er hatte die hellbraunen Lefzen zurückgezogen und bleckte die weißen Zähne.

Der Bär knurrte ihn an, rührte sich aber nicht von der Stelle, sondern steckte seine Schnauze wieder in die Pfanne. Er hatte nicht die Absicht, uns auch nur das winzigste bisschen unseres Weihnachtsmahls übrig zu lassen.

Der Hund hörte auf zu bellen und starrte den Bären lange

an. Er war es wohl nicht gewohnt, dass auf seine Drohungen nicht reagiert wurde. Dann schnüffelte er auf dem Fußboden herum, und ich dachte, er würde nach etwas Fressbarem suchen und zum Bären hinübergehen.

Ich hätte es besser wissen sollen.

Der Hund folgte seiner Nase zur Truhe, in der ich mich versteckt hielt, und sein großer brauner Körper verdeckte den Spalt am Deckelrand.

»Hund«, flüsterte ich, »geh raus und warte, bis der Bär von alleine verschwindet! Du darfst dich nicht mit ihm anlegen!«

Der Hund winselte und fuhr mit der Nase an der Ritze entlang.

Ich hörte, wie etwas Metallenes zu Boden schepperte. Der Bär war fertig und hatte die Bratpfanne fallen gelassen.

»Hund, bitte geh raus! Bitte!«

Aber der Hund ging nicht hinaus. Er schnupperte auch nicht mehr an der Truhe herum, sondern wandte sich dem Bären zu.

Ein tiefes, leises Knurren begann in seinem Hals und seine Nackenhaare sträubten sich. Langsam, ganz langsam schlich er sich an den Bären heran.

Der verflixte Bär wich nicht von der Stelle. Aber der Hund schlug einen Bogen, bis er hinter ihm war, sprang hin und her, stürzte sich auf ihn und biss ihm in die Fersen.

Der Bär drehte sich auf allen vieren. Dann richtete er sich auf den Hinterbeinen auf, holte mit einer riesigen Vordertatze aus und traf den Hund mit voller Kraft in die Rippen.

30 ⚘ *Blut!*

Der Hund jaulte, überschlug sich und krachte gegen ein Tischbein.

Aber er sprang sofort wieder auf, fletschte die Zähne und umkreiste den Bären. Er schnappte wieder nach seinen Fersen, und diesmal hatten seine Zähne eine weiche Stelle gefunden.

Der Bär heulte und humpelte zur Tür, ohne den Hund eines Blickes zu würdigen.

Aber der Hund kam hinter ihm her, schnappte nach ihm und bellte, um ihn zu vertreiben. In seiner Hast rammte der Bär den Türrahmen.

Ich stieß den Truhendeckel auf, zerrte mir die Wollmütze tief ins Gesicht und lief durch die klirrenden Scherben zur Tür. Die Wolkendecke war dicht und das Licht trüb, aber ich konnte den Bären noch sehen, der den Kiefern und Wacholderbüschen entgegenlief. Der Hund folgte ihm, das lahme Bein nach außen schlenkernd, als wollte es den Bären von Norden her abdrängen. Sein wütendes Gebell hallte durch die eiskalte Luft.

»Nein, Hund!«, brüllte ich.

Aber er hörte nicht auf mich.

»Nein, Hund, oh nein, Hund«, wisperte ich, als er im Wald verschwand.

Ich rannte ins Haus, riss meinen Mantel vom Stuhl und lief schnell wieder auf die Veranda hinaus. Ich musste dem Hund unbedingt hinterher, musste ihn einholen, bevor etwas passierte.

Ich sauste über die Wolfskopfplanke und sprang über das Brett mit meinen Geburtstagskratzern, und dann stand ich am vorderen Rand der Veranda.

Ich trat mit einem Fuß in die Luft und beugte mich vor. Ich wollte loslaufen.

Aber mein Kopf drehte sich und mein Herz hämmerte. Ich stolperte rückwärts, knallte gegen die Wand der Hütte und ließ mich von ihr stützen. Ich sog die Luft in mich hinein und stieß sie aus und sog sie wieder ein.

Und wieder lief ich zum Rand und stieß den Fuß in die Luft.

Meine Ohren packten mich wie eiserne Fallen. Ich bedeckte sie mit meinen Händen, setzte mich auf den Boden und rutschte so weit nach vorn, dass mein rechtes Bein über den Rand hing. Dann setzte ich meinen Fuß flach auf die verschneite Erde.

»Ich muss hinterher«, flüsterte ich streng. »Ich muss den Hund holen. Ich muss ihn holen.« Meine Stimme klang wie eine Warnung. »Ich gehe jetzt.« Ich blickte zum Wald, hängte das andere Bein über den Rand und rutschte so weit nach vorn, dass ich es neben dem rechten auf die Erde setzen konnte.

»Ich gehe jetzt den Hund holen.« Meine Stimme war hoch und schwankte. Und im Kopf sagte ich mir: *Wenn der Hund mit seinem kaputten Bein das schafft, schaffe ich es auch! Ich schaffe das!*

Meine Ohren schrien mich an, ich solle nicht gehen, ich solle in die Hütte zurücklaufen, aber ich hörte nicht auf sie. Ich drückte sie fest an meinen Kopf und stellte mich auf beide Beine. Mein ganzes Ich schien aus Blei zu sein. Ich versuchte, einen Fuß zu heben, um einen kleinen Schritt zu machen, aber ich konnte mein Knie nicht beugen, und erst als ich mich weit zurücklehnte, gelang es mir, den Fuß vom Boden zu lösen.

Ich machte einen Soldatenschritt und dann noch einen, und die Bäume und Wolken wirbelten um mich herum, so dass ich mich nicht aufrecht halten konnte und auf die Knie fiel. Das prickelnde, brausende Gefühl eines Albtraums fegte über mich hinweg, und ich hörte eine hohe Stimme. »Nein!«, schrie sie. »Ich bin nicht verrückt! Ich bin nicht verrückt!« Und dann spürte ich, wie meine Hände und Knie über den eisigen Schnee schabten, als ich auf die Veranda zurückkroch.

Ich lehnte mich schwer gegen die Hüttenwand und zwang meine schlotternden Beine zum Aufstehen. Ich schwankte ins Haus, zum Ofen, wo das Wasser im Topf immer noch vor sich hin köchelte. Dort sackte ich zu einem schlaffen Haufen zusammen und weinte und weinte, weil ich so ein Angsthase war und den Hund nicht rettete, der sein Leben für mich riskiert hatte. Aber kein Laut war zu hören, es kamen nur heiße, schamvolle Tränen, die einfach nicht aufhören wollten.

Nach einer Weile trockneten meine Augen, und ich wälzte mich auf die Seite, weg vom Feuer. Ein zittriger Seufzer drängte sich tief aus meinem Innern. Ich starrte auf einen eiförmigen Fleck auf dem Holzboden.

Es dauerte eine lange Minute, bis ich den Fleck wahrnahm, und dann noch eine lange Minute, bis ich begriff, was ich da sah.

Blut. Es war Blut.

Ich rappelte mich auf und betrachtete den Fleck genauer. War das Bärenblut? Oder war es – »Oh, nein! Nein!«, stöhnte ich. »Nicht der Hund, oh bitte, lieber Gott, nicht der Hund!«

Mein Bauch krampfte sich zusammen, als ich mir vorstellte, wie der Hund durch den Wald lief, im Schnee eine Blutspur zurückließ und Tropfen für Tropfen seine Kraft verlor. Ich stellte mir vor, wie er sich hinlegte, um sich auszuruhen, und dann versuchte aufzustehen und es nicht konnte. Klar und deutlich sah ich vor mir, wie riesige weiße Flocken vom dunklen Himmel schwebten, auf dem Hund liegen blieben und ihn erfrieren ließen, genau wie – »Nein!« Mein eigener Schrei riss mich in die Höhe.

Ohne meine Schritte zu zählen, sauste ich zu den Nägeln an der Wand und nahm meinen Rucksack herunter. Zwischen Rucksack und Wand hing ein altes Spinnennetz, das sich jetzt löste, aber ich machte mir nicht die Mühe, es wegzuwischen. Ich schnitt ein großes Stück vom Brot ab, wickelte es in eins von Mamas sauberen Geschirrtüchern und nahm mir aus Daddys Vorratskasten, in dem er Proviant für seine Wanderungen in den Bergen aufbewahrte, vier Streifen gedörrtes Rehfleisch. Wenn ich den Hund fand, brauchte er sicher eine Stärkung. Auch eine Faust voll sauberer Lappen nahm ich mit, die ich als Verband benutzen wollte, falls der Hund verletzt war. *Oh, lieber Gott, bitte mach, dass er sie nicht braucht!*, dachte ich, als ich alles in den Rucksack stopfte.

Dann ging ich wieder zum Blutfleck und starrte ihn an. Ich prägte ihn mir ganz genau ein. Ich kniete mich hin, berührte ihn mit der Kuppe meines Zeigefingers und spürte die klebrige Kälte des Blutes, außerhalb seines Körpers, wo es nicht hingehörte. Ich sah meinen Finger an und prägte mir ein, dass das Blut orangefarben war und dünn.

Ich stand auf, knöpfte meinen Mantel zu, setzte den Rucksack auf, zog die schönen Handschuhe an, die Mama gestrickt hatte, zerrte mir die kratzige Wollmütze tief ins Gesicht und lockte energischer als je zuvor meine sture Ader hervor. Ich blickte mich ein letztes Mal in der Hütte um und sah den Engel auf dem Bücherregal stehen, der das Chaos im Raum betrachtete. Und obwohl ich wusste, dass das nicht sein konnte, kam es mir vor, als ob er plötzlich traurig aussah. Das konnte ich nicht ertragen. Ganz vorsichtig nahm ich ihn in die Hände, wickelte ihn in die Lappen in meinem Rucksack und legte ihn behutsam hinein.

»Ich bin nicht verrückt!«, sagte ich laut in die leere Hütte hinein.

Dann trat ich aus der Tür.

31 Endlich eine Zwölfer-Aufgabe

Der Nachmittag war schon halb vergangen. Obwohl sich die Sonne keine große Mühe mehr gab, kniff ich die Augen zusammen, damit sie nicht merkten, dass ich draußen war. Meine Augenschlitze auf den Boden gerichtet, tastete ich mich an der Wand entlang bis zur Rückseite der Hütte, wo an zwei dicken Nägeln meine Schneeschuhe neben denen von Daddy hingen.

Dabei wiederholte ich laut in einem fort: »Der Hund braucht mich. Der Hund braucht mich.« Auch meine Ohren sollten es hören, nicht nur mein Hirn.

Mit gesenktem Kopf holte ich die Schneeschuhe herunter und schnallte sie an meine Füße. Dann hielt ich mich wieder an der Hüttenwand fest, bis ich die Veranda erreichte. Doch jetzt konnte mir die Hütte keinen Halt mehr bieten.

Ich holte tief Luft und hob den Blick so weit, dass ich die Hundespuren und gleich daneben die Abdrücke der Bärentatzen erkennen konnte. Da! Zwei Blutstropfen färbten den Schnee. Aber die Flecken lagen zwischen den Bärentatzen und den Vorderpfoten des Hundes. Ich wusste also immer noch nicht, wer von den beiden verletzt war.

»Der Hund braucht mich«, sagte ich, aber der Wind trug meine Worte so schnell fort, dass ich Angst hatte, sie zu vergessen. Also wiederholte ich sie immer und immer wieder und holte dazwischen nur ganz kurz Luft. »Der Hund braucht mich. Der Hund braucht mich.«

Ich stapfte weiter, dem Bären und dem Hund hinterher. Nicht bei allen Spuren fand ich Blut, aber wenn doch, dann immer dazwischen, manchmal näher an den Tatzenabdrücken und manchmal näher an den Pfotenspuren des Hundes. Nie konnte ich erkennen, wessen Blut es war.

Ich erlaubte es meinen Augen nicht, weiter als bis zum nächsten Pfotenabdruck zu schauen, sonst wäre mir klargeworden, wie groß die Welt hier draußen war und wie klein ich im Vergleich dazu.

Die Fährte führte schnurstracks in den Wald, und weil es immer geradeaus ging, dauerte es nicht lange, bis meine Gedanken abzuschweifen begannen. Ich spürte die Panik, die auf mich lauerte, und wusste, dass ich kurz davor war, zurück zur Hütte zu flüchten und den Hund dem Bären zu überlassen. Das durfte nicht geschehen. Also gab ich meinem Hirn einen Ruck, und auf der Suche nach einer Sache, die es beschäftigte, fiel mir mein ungelöstes Zwölfer-Problem ein. Und plötzlich schossen alle möglichen Ideen hervor, wie im Frühling Mamas Tulpen aus der Erde. Zum Beispiel: Wenn ein großer, dicker, nichtsnutziger Zimtbär am Weihnachtstag in die Hütte kommt und mit zwölf Bissen unser Kaninchen verschlingt und wenn er für jeden Bissen geklautes Fleisch zwölf schlimme Bauchkrämpfe bekommt – wie viele Bauchkrämpfe muss der Bär dann erleiden? Die Antwort lautet 144 Krämpfe. Was zeigt, dass 12 × 12 gleich 144 ist.

»Der Hund braucht mich. Der Hund braucht mich.«

Und wenn ein nichtsnutziger Zimtbär am Weihnachtstag ungeladen in unsere Hütte torkelt und das ganze kostbare Porzellan zerdeppert, das einmal der Mama von der Mama meiner Mama gehört hat, und er sich bei jedem Schritt zwölf Porzellansplitter in die Tatzen tritt – wie viele Schritte muss er machen, bis er 144 Scherben von Mamas Geschirr in seinen verflixten Pranken hat, die ihm unheimlich wehtun? Die Antwort lautet zwölf Schritte, was zeigt: 12 × 12 = 144.

»Der Hund braucht mich. Der Hund braucht mich.«

Ehrlich gesagt, ich war froh, meine Schulaufgaben jetzt endlich erledigt zu haben, und hob den Blick, um mich umzuschauen.

Ich war tief im Wald, und obwohl ich die Spuren des Hundes und des Bären immer noch sehen konnte, war es schon ziemlich dunkel. Blutflecken konnte ich nicht mehr erkennen.

Das Tageslicht war verschwunden, und der Sturm wurde immer schlimmer. Der Schnee fiel in dicken, schweren Flocken auf die Erde. Ich drehte mich um und konnte zwischen den Bäumen noch drei oder vier Fußabdrücke sehen, aber noch während ich darauf starrte, fegte ein Windstoß heulend über sie hinweg, und die Spuren des Hundes, des Bären und meine eigenen glätteten sich und verschwanden unter dem fallenden Schnee.

Mir wurde flau im Magen, als mir einfiel, wie Mamas und meine Spuren verschwunden waren.

»Der Hund braucht mich. Der Hund braucht mich.«

Ich drehte mich um und blickte wieder geradeaus, aber vor mir blies der Wind natürlich auch, und die Fährte der Tiere wurde schnell vom Schnee zugedeckt.

Angst kroch wieder finster und lähmend durch meinen Körper. Meine Gedanken kreisten und suchten verzweifelt nach einem Plan, um mich zu retten. Wenn ich umkehrte, würde ich mich bald verirrt haben. *Wie kann man so dumm sein, Dessa Dean, immerzu hast du nur auf den Boden geschaut und dir nichts eingeprägt, um den Heimweg zu finden.*

Ach, sei still!, sagte ich mir und versuchte, mich zu konzentrieren. Wenn ich weiterging, würden die alten Spuren verwehen, aber vor mir waren immer noch neue, um mir den Weg zu weisen. Ich müsste nur schneller laufen und näher an sie herankommen, damit ich die Spuren besser sehen konnte. Ich hatte gar keine andere Wahl. Also setzte ich mich in Bewegung und lief durch den tiefen Schnee.

Der Wind heulte und die dicken Schneeflocken, die anfangs weich und sanft herabgerieselt waren, fühlten sich scharf und eisig an. Sie trafen mich wie Glassplitter und Porzellanscherben im Gesicht. Meine Augen füllten sich mit Tränen, so dass ich kaum noch sehen konnte, aber ich lief weiter und weiter.

Und genau wie die Tatzenspuren des Bären wurden auch die Pfotenabdrücke des Hundes flacher und streifiger und verwischten sich.

Schließlich blieb ich stehen und gab mir große Mühe, die nächsten Spuren zu entdecken.

Aber da waren keine mehr.

Da war nur noch Schnee. Nichts als Schnee. Glatter Schnee, durch den keiner gelaufen war, auf den keiner getreten war und den keiner auch nur flüchtig gestreift hatte. Nur noch Schnee.

Ich blickte weit voraus in die Nacht. Nichts als Schnee. Schnee, der so dicht fiel, dass er mir beim Luftholen in Nase und Rachen drang. Schnee, der so dicht fiel, dass die Kiefern nur sekundenlang auftauchten, bevor das quirlige, schwirrende Gestöber sie wieder unsichtbar machte.

Ich drehte mich in die Richtung, aus der ich glaubte gekommen zu sein.

Schnee.

Und dann fing die Welt an sich zu drehen, und ich konnte das Wirbeln der Flocken und das taumelige Gefühl hinter meinen Augen nicht länger ertragen.

Ich sank auf die Knie, und die Kälte drang durch meine Hose und in meine Beine und hielt sie fest auf dem Boden.

Der Wind schubste mich hin und her, als ob er mich einschüchtern wollte. Seine Stimme schien mich zu verhöhnen und meine schmerzenden Ohren mit Worten zu quälen, heulenden Worten, Worten, die ich schon einmal gehört hatte.

»Angsthase! Der Eisprinz kommt! Wart's nur ab, du Angsthäschen, er kommt bestimmt!« Und eiskalt und starr wie Mamas Hand schlug mir der Wind ins Gesicht und stieß mich seitwärts in eine tiefe Schneewehe hinein.

32 ∽ *Der Eisprinz*

»Mama!«, schrie ich gleich neben ihrem Ohr. »Josephine Elvira Hubbard, steh auf! Mama, steh auf, steh auf! Wir müssen weiter, sonst erfrieren wir. Bitte, Mama, bitte, Mama, bitte, Mama, bitte, Mama!«

Ich wusste im tiefsten und kältesten Winkel meines Herzens, dass alles Rufen, Brüllen, Flehen nichts half. Ich wusste, dass Mama erfroren war. Der Eisprinz war gekommen und ich hatte ihn nicht einmal gesehen. Ich blickte in Mamas liebes Gesicht und sah, dass er ihre Augen für immer geschlossen und mit Spitzen aus Schnee und Diamanten aus Eis bedeckt hatte. Der Eisprinz war gekommen und ich hatte ihn nicht gesehen. Ich berührte Mamas Wange und spürte, dass er die Weichheit des Lebens gestohlen und die tiefe, starre Kälte des Todes dagelassen hatte.

»Bitte, Mama, bitte, Mama, bitte, Mama.« Die Worte strömten ununterbrochen aus mir heraus wie ein eintöniger Gesang, während ich sanft, ganz sanft den Schnee von Mamas Stirn, ihren Lidern, ihrem Kinn, ihrer Stirn, ihren Lidern, ihrem Kinn wischte. Es war das Einzige, was ich tun konnte, um den Eisprinzen zu bekämpfen. Ich wischte den Schnee von Mama und kämpfte gegen das eisige Grab, das der Eisprinz für sie vorgesehen hatte.

Der Eisprinz trieb mir eiskalten Schnee in die Augen und versuchte, mich blind zu machen, damit er Mama weiter begraben konnte, aber das ließ ich nicht zu. Das durfte er einfach nicht. Ich kniff die Augen gegen seine eisigen Nadeln zusammen.

»Bitte, Mama, bitte, Mama, bitte, Mama, bitte, Mama.«

Meine blinde Hand tastete nach Mamas Stirn, und ich wischte und wischte so lange, bis ich selber starr und schwer wurde und meinen Arm nicht mehr heben konnte, sosehr ich mich auch bemühte. Mit allerletzter Kraft legte ich mich auf Mama und bedeckte sie, so gut ich konnte.

»Bitte, Mama, bitte, Mama, bitte, Mama.« Meine Stimme war im Heulen des Windes nicht mal ein Wispern. Ich presste meine Wange an Mamas Wange, und der Schnee, der sich auf ihr erfrorenes Gesicht gelegt hatte, schmolz und lief wie Tränen über mein Gesicht.

Lange Zeit später weckte mich das Geräusch des Windes, das sich verändert hatte. Er winselte leise und traurig neben meinem Ohr. Ich streckte eine Hand aus, um den Schnee von Mamas Wange zu wischen, aber das war nicht Mamas Wange. Schnell zog ich meine Hand zurück, denn was sie ertastet hatte war kalt, aber nicht tot. Mama war es jedenfalls nicht. In meiner Brust stieg Panik auf und raubte mir den Atem, denn das konnte nur der Eisprinz sein. Ich hatte schreckliche Angst und wollte die Augen nicht öffnen, aber ich musste; ich öffnete sie einen winzigen Spalt und spähte unter den Lidern hervor.

Der Eisprinz trug einen glänzenden dunklen Pelz, um sich vor der Kälte zu schützen. Ich wurde furchtbar wütend, weil er die frostige Luft, die er mitgebracht hatte, selbst nicht aushalten konnte. *Feigling!*, dachte ich. Meine Wut ballte sich wie eine Faust, schoss durch meinen Arm und versetzte dem Eisprinzen einen kräftigen Stoß.

»Feigling!«, schrie ich ihn an.

»Wuff.«

Ich riss die Augen auf. Mein von Albträumen und von der Kälte verwirrtes Hirn brauchte lange, um zu erkennen, dass nicht der Eisprinz, sondern der Hund gekommen war.

Der Hund war zu mir gekommen!

Ich versuchte, mich schnell aufzusetzen, aber eine schwere Schneedecke lag auf mir wie ein Totenhemd, das ich kaum abschütteln konnte, und ich musste mich durch den Nebel meines Albtraums und meine Schwäche hindurchkämpfen. Ich keuchte, als ich endlich aufrecht saß. Langsam streckte ich die Arme aus und schlang sie dem Hund um den Hals. Die warme Zunge auf meinen Wangen, meiner Nase und meinen Lidern taute mich auf und holte mich ins Leben zurück.

»Oh, Hund«, sagte ich. Meine Lippen waren schwer und meine Zunge von der Kälte ganz dick. »Dir geht es gut, dir geht es gut.« Ich drückte ihn noch einmal an mich.

»Ra.«

Ich blickte am breiten Kopf des Hundes vorbei in die tiefe Dunkelheit der Nacht. Der Schnee fiel immer noch in dicken Flocken, und der Wind fegte ihn zu Hügeln, Wällen und flachen Gräben zusammen.

»Hund, wir haben uns verlaufen«, flüsterte ich und bei diesen Worten wich die ganze Freude, ihn wiederzusehen, aus meinem

Herzen. Ich verlor wieder meinen Mut und alle Hoffnung. »Du bist dem Bären hinterhergelaufen und ich dir, und wahrscheinlich hatte nur der Bär eine Ahnung, wohin er ging.«

Der Hund setzte sich hin, und ich hörte, wie sein Schwanz über den Schnee fegte.

Er reckte die Schnauze.

»Rruu!«

Das sagte er immer, wenn er mir etwas erklären wollte.

»Du hast Recht, ich habe auch Hunger.« Ich schob meine trüben Gedanken beiseite und ließ den Rucksack von den Schultern gleiten. Meine steifen Finger wühlten tief unten nach dem Dörrfleisch und dem Brot und streiften dabei den Holzengel.

Ich erzählte dem Hund nichts davon und versuchte, auch selbst nicht daran zu denken, aber meine Fingerspitzen waren taub und schienen erfroren zu sein. Ich schauderte, aber nicht nur vor Kälte, sondern vor Schreck, als ich begriff, dass mich der Eisprinz beinahe mitgenommen hätte.

Es fiel mir schwer, das Dörrfleisch mit den Fingern zu greifen. Ich steckte dem Hund ein Stück ins Maul und hielt das Brot mit beiden Händen fest, während ich mit den Zähnen einen Bissen davon abriss.

Der Hund verlangte ein neues Stück Fleisch, bevor ich selbst den ersten Bissen geschluckt hatte. Auch das zweite Stück verschlang er sofort. Er bettelte nicht um ein drittes, stieß aber mit der Nase an mein Knie. Ich ignorierte das, solange es ging, aber er stupste mich immer fester mit der Schnauze, bis er den Kopf ganz unter mein Bein schob. Ich verlor fast das Gleichgewicht und wäre umgekippt, wenn ich mich nicht schnell aufgerappelt hätte.

Der Hund trottete ein paar Schritte vor mir her und reckte die frostige Schnauze in die Nachtluft hinein.

»Ruu!«, sagte er.

Er wollte weiter, und ich dachte, er wollte den Bären verfolgen.

»Hund, das halte ich für keine gute Idee«, sagte ich.

»Wuff!«

Er trottete immer weiter, so dass ich ihn in der Dunkelheit und im Schnee kaum noch erkennen konnte.

»Nein, geh nicht fort! Bitte, bitte!«, heulte es aus mir heraus. Ich hätte es nicht ertragen, wenn mich der Hund wieder allein gelassen hätte. Der Eisprinz hätte mich mit Sicherheit geholt. Oder der Bär, wenn wir ihn weiter verfolgten. Dann wäre der Hund aber wenigstens bei mir.

»Ich komme! Hund, warte auf mich, ich komme!«

Ich kämpfte mit den Schulterriemen des Rucksacks, als ich versuchte, ihn aufzusetzen. Er schien jetzt mehr zu wiegen als am Anfang, als ich losgezogen war, um den Hund zu suchen.

Der Neuschnee war feucht und deshalb schwer. Jeder Schritt machte mir große Mühe und meine Füße wollten sich einfach nicht bewegen. Ich war langsam, viel zu langsam.

Der Hund lief immer vor mir her, und wenn ich nicht mitkam, bellte er mir aufmunternd zu und blieb stehen, bis ich aufgeholt hatte. Dann rannte er weiter. Doch nach einer Weile schien ihm mein Schneckentempo auf die Nerven zu gehen.

Er kam zurück an meine Seite und lehnte sich kräftig an mein Bein, so dass mich sein Gewicht zwang, einen Schritt nach dem anderen zu tun.

Mit seiner Hilfe kämpfte ich mich weiter voran, weiter und weiter und weiter durch taillenhohe Schneewehen, zwischen stacheligen Sträuchern hindurch, die ihre Dornen aus dem Schnee streckten, um mir das eiskalte Gesicht zu zerkratzen. Mit jedem Schritt, ob wir hinauf-, hinunter- oder zur Seite liefen, drückte sich der Hund weiter fest an mein Bein und schob mich voran.

Inzwischen konnte ich meine Zehen nicht mehr spüren, und obwohl das Gehen dadurch nicht mehr wehtat, wusste ich, dass der Eisprinz es immer noch auf mich abgesehen hatte und sich einen Teil nach dem anderen von mir holen wollte.

Wir gingen weiter und weiter und weiter, und eine Müdigkeit, die schwerer war als der Schnee und stärker als der Wind, kroch langsam in alle meine Glieder, bis ich es einfach nicht mehr ertragen konnte.

»Hund, ich glaube, ich kann nicht mehr.«

Ich stolperte und stürzte beinah, aber der Hund presste seinen Kopf an meine Hüfte und lotste mich weiter voran, und ich machte noch einen Schritt und noch einen. Ich stolperte über meine Schneeschuhe und über große Steine, aber der Hund fing mich jedes Mal auf, und am Ende sagte ich nichts mehr und beschloss, einfach weiterzustapfen, bis auch er mich nicht mehr vorantreiben konnte.

Nach all den Schritten blieb die Spitze meines Schneeschuhs plötzlich an etwas Großem, Festem hängen, und nicht einmal der Hund konnte mich noch stützen. Ich fiel nach vorn, schlug der Länge nach auf den Boden, aber anstatt im Schnee zu landen, knallte mein Kinn gegen etwas Hartes, das nicht nachgab. Etwas, das all meine Zähne zum Knirschen brachte.

Ich blickte ins Dunkel und glaubte, der Aufprall hätte mich betäubt, denn vor meinen Augen ging plötzlich ein Licht an, ein großes rechteckiges Licht, und der Umriss eines Mannes trat hinein.

Der Eisprinz.

»Lauf, Hund!«, konnte ich gerade noch schreien, bevor er mich hochhob und wegtrug.

33 Die Tür kann zubleiben

»Dessa Dean?«

Meine Ohren hörten die zitternde Stimme meines Vaters. Dann wischte eine warme, feuchte Zunge über mein Gesicht, und ich wusste, dass auch der Hund bei mir war. Ich streckte die Hände aus, und als die eine den Kopf des Hundes gefunden hatte und die andere in Daddys großer Hand lag, schlug ich die Augen auf und blickte mich um.

Ich lag tatsächlich auf meinem Bett in der Hütte! Vor dem Holzofen!

Ich war zu Hause.

»Wie hast du uns bloß gefunden, Daddy?« Meine Stimme war ein kratziges Flüstern.

Seine Augen sahen mich verwundert an.

»Dessa Dean, ich habe dich nicht gefunden. Der Hund hat dich nach Hause gebracht.«

»Ich dachte, er hätte mich mitgeschleppt, um den Bären zu finden.«

»Welchen Bären? War das hier ein Bär, Dessa Dean?«

»Ja, Daddy, und er hat Mamas gutes Geschirr kaputt gemacht und unseren Weihnachtsbraten gefressen. Dein Weihnachtsgeschenk auch, Daddy, und den schönen Knochen für den Hund.«

Mein Gesicht verzog sich, aber es kamen keine Tränen. Der Wind und die Kälte hatten sie alle vertrocknen lassen.

Daddy hielt mich ganz fest und warm, und mit vielen holprigen, trockenen Schluchzern erzählte ich, was geschehen war. Und dann erzählte er mir, wie er nach Hause gekommen war und die Hütte im Chaos vorgefunden hatte, wie er schreckliche Angst um mich und den Hund bekommen hatte und schnell eine Laterne und Decken gepackt, eine Wasserflasche in seinen Rucksack gesteckt und die Tür geöffnet hatte, um auf die Suche zu gehen, als ... PENG! ... der Hund mich so nah an die Veranda geführt hatte, dass ich sie beim besten Willen nicht verfehlen konnte.

Ich fasste an die dicke Beule auf meiner Stirn.

»Komisch, dass sich der Bär so schwer vertreiben ließ. Er muss halb verhungert gewesen sein«, sagte Daddy.

»Er wollte unbedingt alles fressen. Sein Fell hing ganz schlaff an ihm runter. Es schlackerte beim Gehen.«

»Er musste wahrscheinlich lange in seiner Höhle bleiben, weil das Wetter so schlecht war, und konnte sich erst jetzt den Bauch vollschlagen, bevor der nächste Schneesturm einsetzte. Das ist wirklich ein tapferer Hund, Dessa Dean, wenn er gegen einen so hungrigen Bären gekämpft hat!«

»Ja, Daddy, und ich bin ihm sehr dankbar.« Ich streckte die Hand aus und zog den Kopf des Hundes zu mir heran.

Daddy legte einen Suppenknochen in einen Topf mit Wasser. Dann schaute er sich meine erfrorenen Stellen an und breitete ein warmes Handtuch über die Pfoten des Hundes, um sie aufzutauen.

»Ich glaube, keiner von euch wird Finger oder Zehen verlieren, Dessa Dean. Der Hund hat dich gerade noch rechtzeitig nach Hause gebracht.«

»Daddy, siehst du Kratzer oder Bisswunden am Hund? Einer von den beiden, der Bär oder der Hund, hat auf dem Weg in den Wald geblutet.«

Ich sah zu, wie Daddy behutsam jeden Zentimeter des Hundes absuchte, was dieser sich ohne Widerrede gefallen ließ.

»War wohl der Bär«, sagte Daddy.

Ein tiefer Seufzer der Erleichterung arbeitete sich aus meinem Inneren hoch.

Nachdem wir alle von der dampfenden Suppe gegessen hatten, wandte sich Daddy mit ernstem Blick an mich.

»Es ist keine gute Idee, die Tür weiter offen zu lassen, Dessa Dean. Der Hund muss sich daran gewöhnen. Ich setze deine Sicherheit nicht mehr aufs Spiel.«

»Aber Daddy«, sagte ich, »ich kann ihn doch jetzt nicht mehr raus in die Kälte schicken! Wenn der Hund nicht gewesen wäre, würde ich gar nicht mehr da sein!«

Daddy schüttelte eigensinnig den Kopf und stand auf.

Der Hund hatte sich neben mir auf dem Fußboden zusammengerollt, aber als er sah, dass Daddy zur Tür ging, sprang er auf und lief zu ihm. Er setzte sich vor Daddy hin und bellte.

»Aus!«, sagte Daddy.

»Wuff!«

»Entweder drinnen bei geschlossener Tür oder draußen bei geschlossener Tür. Hund, du hast die Wahl!«

»Wuff. Wuff-wuff-wuff-wuff-wuff.«

Ich beobachtete sie, und mein Herz wurde schwer und traurig.

»Gib endlich Ruhe, Hund!«, befahl Daddy.

Aber er gab keine Ruhe.

»Wuff!«, schimpfte der Hund, setzte sich wieder vor Daddy auf den Boden und sah ihm direkt in die Augen.

Daddy schüttelte den Kopf und griff nach der Tür, aber der Hund sprang wieder auf, trat nah an Daddy heran und presste sich an sein Bein, genau so wie er es bei mir getan hatte, als er mich rettete. Er war so stark, dass Daddy einen Schritt zur Seite machen musste. Dabei lehnte er sich an die Tür. Sie fiel zu und der Riegel rastete ein.

»Wuff«, sagte der Hund noch einmal.

Dann tappte er zurück an mein Bett und ließ sich fallen, seufzte tief und schloss die Augen.

Daddy und ich sahen uns an. Beide zogen wir die Augenbrauen in die Höhe, sagten aber kein Wort.

»Frohe Weihnachten, Daddy.«

»Frohe Weihnachten, Dessa Dean.«

Ich rutschte tiefer unter meine Decken. Dann fiel mir etwas ein. Vorsichtig ging ich auf Zehenspitzen über die Glassplitter zu den großen Nägeln an der Wand, wo Daddy meinen Rucksack aufgehängt hatte, und nahm ihn herunter. Nachdem ich die Schnalle aufgemacht hatte, tastete ich mit den Fingern darin herum. Ganz, ganz vorsichtig zog ich das Stoffbündel heraus und ging schnell wieder in mein Bett. Unter den warmen Decken packte ich den Engel aus und legte das glatte Holz an mein Gesicht. Dann ließ ich meinen Arm über die Bettkante baumeln, so dass meine Hand flach auf dem Kopf des Hundes lag.

»Frohe Weihnachten, Hund.«

Bevor ich einschlief, hörte ich noch, wie der Besen über den Fußboden wischte und Mamas kostbares Porzellan zusammenfegte.

Stunden später erwachte ich und setzte mich im Dunkel der Hütte kerzengerade auf. In meinem Bauch flatterten Schmetterlinge, aber nicht vor Angst, sondern vor Aufregung. Ich streckte die Hand nach dem Hund aus und spürte, wie er sich sofort aufsetzte und an mich kuschelte. Ich hob eins seiner Schlappohren und flüsterte: »Ich weiß jetzt, wie du heißt. Diesmal bin ich hundertprozentig sicher.«

34 Der Name des Hundes

Als ich früh am Morgen aufwachte, war es noch dunkel. Der Hund jaulte mir ins Ohr, und Daddy machte sich am Schneidebrett zu schaffen. Ich streckte eine Hand aus, kraulte dem Hund den Kopf, warf meine Decken zurück und ging zur Tür. Der Hund folgte mir auf den Fersen. Ich öffnete die Tür weit genug, um ihn rauszulassen. Der Sturm war weitergezogen, am Himmel funkelten die Sterne, und der volle Mond stand immer noch hoch.

Der Hund lief schnell aus der Hütte, sprang von der Veranda und raste ums Haus.

Ich wartete ein Weilchen, ließ ihm Zeit, sein Geschäft zu erledigen. Dann rief ich: »Lotse!« Ich wunderte mich, wie sicher meine Stimme klang.

Ich wartete und rechnete fest damit, dass er sofort angelaufen kommen würde.

Nichts.

»Lotse!«, rief ich lauter, mit kräftiger Stimme.

Aber meine Ohren blieben leer. Ein kleiner Zweifel nistete sich in mir ein.

Ich schlich mich bis ans Ende der Veranda, spähte um die Ecke der Hütte und hielt mir die hohlen Hände an den Mund.

»Lotse, komm her!«

Und noch bevor ich das letzte Wort ausgesprochen hatte, hörte ich den Schnee knirschen, und meine Augen sahen den braunen Hund, der um die Ecke bog und auf mich zulief.

Die Luft ließ fast meine Zähne gefrieren, weil ich so lächeln musste.

»Guter Hund.« Ich legte die Arme um seinen Hals und drückte ihn an mich.

»Ra«, sagte er und folgte mir ins Haus.

Ich schloss die Tür und lief zum Ofen. Daddy hatte das Feuer geschürt, um den Tag zu beginnen, und das Licht der Laterne leuchtete.

»Anscheinend hast du den richtigen Namen gefunden.« Daddy drehte sich am Schneidebrett um und lächelte mich an.

»Ja, Daddy«, sagte ich und lächelte zurück.

»Das bedeutet auch, dass er sein richtiges Zuhause gefunden hat, Dessa Dean. Ein Hund weiß, wenn er eine Seele gefunden hat, die ihn versteht.«

Da fiel mein Blick auf den Tisch. Daddy sah mein Gesicht.

»Der Bär hat ein Glas, einen Kerzenhalter und den schönen kleinen Teller deiner Mama verschont«, sagte er.

Alles stand da und sah spärlich und einsam aus. Vom Tellerchen war ein Stück abgesprungen, so groß wie ein Vierteldollar. Der weiße Rand sah aus wie eine Wunde.

»Auf dem Teller sollte eigentlich dein Schokokaramell liegen, Daddy. Mama und ich hatten das schon im Sommer geplant.« Meine Augen wurden feucht.

Daddy ließ seine Arbeit ruhen und kam zu mir herüber, kniete sich neben mich und legte einen Arm um meine Schultern.

»Dessa Dean, das allerbeste Weihnachtsgeschenk war, dass ich dich – und den Hund – zurückbekommen habe. Als ich gestern nach Hause kam und das Chaos in der Hütte gesehen habe, hatte ich fast keine Hoffnung mehr.«

Ich schaute in Daddys Gesicht und sah, dass in seinen Augen auch Tränen waren.

»Ach, Daddy, ich bin ja selber froh, ehrlich. Es ist nur – jetzt müssen wir wieder ein ganzes Jahr warten, bis Weihnachten ist, und so viele von Mamas schönen Sachen sind kaputt und für immer verloren.« Meine Schultern zitterten, und ich spürte, dass sich mein Gesicht verzog, obwohl ich mir Mühe gab, ruhig zu bleiben.

»Dessa Dean, komm mal her und schau dir das an!« Daddy legte die Hände auf meine Schultern und führte mich sanft zum Schneidebrett. Da lag sein zerschlissener Rucksack; der Griff der schwarzen eisernen Pfanne guckte heraus. Er machte den Rucksack weit auf, damit ich sehen konnte, dass auch ein verkorkter Wasserkrug darin steckte und eine Handvoll Möhren, die Tasse mit dem Bratfett, Daddys kleine Axt und Streichhölzer in der Pfanne lagen.

Ich verstand nicht, was er mir sagen wollte.

»Gehst du für längere Zeit auf den Berg, Daddy? Länger als einen Tag?«

Trauer legte sich auf mich wie eine schwere Decke. Es war schlimm genug, Weihnachten zu verpassen, ich wollte nicht auch noch ohne Daddy sein.

»Nein, mein Mädchen. Wir werden unser Festmahl essen gehen. Wir lassen uns doch unser Festmahl nicht von einem verflixten Bären verderben! Ich lass heute die Fallen Fallen sein. Ich dachte, wir gehen zum Weidenbach. Gestern früh hab ich gesehen, dass die Strömung stärker geworden ist, und ich wette, am Angelplatz ist das Eis schon ein bisschen geschmolzen. Wenn wir Glück haben, fangen wir eine frische Forelle zum Braten.« Daddy schwieg. Er schaute mir ins Gesicht, und seine Brauen hoben sich. In seinen Augen wartete ein Hoffnungsschimmer.

Es war lange her, *sehr* lange her, seit ich in Daddys Augen Hoffnung gesehen hatte.

»Schaffen wir das, Dessa Dean?«

Ich sog meine Wangen fest zwischen meine Zähne und spürte, wie die Angst der letzten Nacht durch mich hindurchjagte. Ich dachte an den Eisprinzen, der mich verfolgt hatte. Ich dachte an den Albtraum und wie ich Mama wieder sterben gesehen hatte. Ich dachte daran, dass ich in die Welt hinausgewandert war, obwohl ich wusste, was mich erwartete. Und ich dachte an den Hund, der mich gefunden hatte, und wie fest er sich gegen mein Bein gepresst hatte, um mich nach Hause zu lotsen.

Ich sah zu Boden.

Lotse saß neben mir und schmiegte sich an mein Bein.

»Ja, Daddy, ich glaube, das schaffen wir.«

35 Rruu!

Daddy klatschte in die Hände und rieb sie aneinander. »Also gut. Dessa Dean, kletter hoch und hol noch zwei von den guten Tellern deiner Mama runter.«

Ich konnte das Lächeln nicht zurückhalten, also versuchte ich es gar nicht erst. Ich schob einfach die Trittleiter heran, kletterte auf die oberste Stufe, zog mich auf die Arbeitsplatte und stand vor dem Geschirrschrank. Und als Daddy die Tür für mich öffnete, reckte ich mich und holte einen Teller nach dem anderen heraus und reichte sie ihm hinunter. Ganz problemlos.

Daddy holte eine Wolldecke und wickelte die Teller sorgfältig hinein, damit sie ja gut geschützt waren, verschnürte das Bündel und ließ es vorsichtig in den Rucksack gleiten.

Ich nahm zwei Gabeln und zwei Messer von Mamas feinem Silberbesteck, wickelte sie in ihre schönsten Geschirrtücher – das eine war am Rand mit feinem grünem Garn bestickt und das andere mit rotem – und legte sie auf die Teller. Zum Schluss kam noch der Fressnapf des Hundes in den Rucksack.

»Dessa Dean«, sagte Daddy, »schau mal nach, ob im Maismehl Würmer sind, die ich als Köder benutzen kann. Wenn nicht, muss ich unter dem Holzstoß nach Maden suchen.«

Ich tat, worum er mich gebeten hatte, und siebte das Mehl, bis ich ein halbes Dutzend schöne dicke Würmer fand. Daddy holte eine kleine Blechdose und ließ sie hineinpurzeln.

Daddy sah nach, ob sein Messer im Gürtel steckte.

»Fertig?«, fragte er.

»Ja, Daddy«, sagte ich.

Wir zogen uns die dicken Mäntel an, und ich holte meine Handschuhe, die Daddy zum Trocknen vor den Ofen gehängt hatte, und schob meine Finger in die gemütliche Wärme.

Daddy machte die Tür auf und Lotse lief ins Freie.

Ich zog mir die kratzige Wollmütze über die Ohren und trat auf die Veranda.

Die Sonne kroch über die Schlucht und färbte ihre Ostwand ganz rosa. Der Winterhimmel verwandelte sich, und aus dem Grau wurde ein sanftes Blau.

Ich atmete die frostige Luft des nagelneuen Tages tief ein und spürte, wie sie mich von innen angenehm kühlte.

Meine Schneeschuhe lagen immer noch kreuz und quer auf der Veranda, wo Daddy sie liegen gelassen hatte. Ich befestigte sie an meinen Füßen, während Daddy seine Schneeschuhe, die an der Rückwand der Hütte hingen, und seine Angelrute aus dem Schuppen holte.

Der Hund sprang in den Schnee, wedelte mit dem Schwanz und lächelte mich an.

»Ra!«, sagte er.

Ich kletterte von der Veranda und ließ die Bretter los. Dann blieb ich eine Minute lang stehen und wartete ab, ob mir schwindlig wurde oder meine Ohren wehtaten.

Aber nichts dergleichen geschah. Stattdessen spürte ich, wie sich ein altes Glücksgefühl, das ich schon fast vergessen hatte, in mir ausbreitete. Ich drehte mein Gesicht zur aufgehenden Sonne, und ihre Wärme breitete sich wie ein Lächeln darauf aus.

Ich ließ das Lächeln der Sonne zu meinem eigenen werden und zeigte es Lotse und dann Daddy. Als sich unsere Blicke trafen, sah ich, wie stolz seine Augen leuchteten. Zu dritt machten wir uns auf den Weg zum Weidenbach.

Im frisch gefallenen Schnee waren eine Menge Spuren zu sehen. Drei winzige Wühlmäuse waren aus ihrem Bau gekommen, hatten Linien und Kreise gezogen und einen Mäusetanz aufgeführt. Der Hund folgte seiner Nase – immer um die winzigen Abdrücke ihrer Ballettfüßchen herum –, so dass Daddy und ich über seine Drehungen und Pirouetten lachen mussten.

»Sieh mal da, Dessa Dean! Weißt du, von wem die sind?« Daddy zeigte auf Spuren am Rand des Waldes.

Ich war ein bisschen zaghaft. Es war so viel Zeit vergangen, seit ich draußen in der Welt zum letzten Mal die Tageszeitung gelesen hatte, wie Daddy es nannte, und ich wollte ihn nicht enttäuschen. Aber ich stapfte zu der Fährte und ging vor ihr in die Hocke. Ich ließ mir Zeit und schaute mir alles ganz genau an.

Es waren zarte Pfotenabdrücke in einer geraden Linie. Die vorderen zeigten vier Zehen, obwohl ich wusste, dass das Tier selbst fünf Zehen hatte. Die Spuren der Hinterpfoten lagen darüber. Daran konnte ich erstens erkennen, von welchem Tier die Abdrücke stammten, und zweitens, wie schnell es gelaufen war. Die Spur war nur ungefähr zehn Zentimeter breit, weil das Tier sich viel Zeit gelassen hatte, weshalb die Abdrücke der Hinterpfoten auch direkt auf den vorderen lagen. Alle paar Schritte war das Tier stehen geblieben. An den Stellen war vor den Pfotenspuren ein Schnüffelloch zu sehen.

Ich stand auf und sah Daddy an.

»Rotfuchs auf der Suche nach Frühstück, vor nicht allzu langer Zeit.«

Daddy nickte kurz. Seine Augen glänzten. Er ging in den Wald.

Ich sah hinunter auf den Hund. Er schaute in den Himmel, der immer heller wurde, und ich folgte seinem Blick. Ein großer Schwarm kanadischer Wildgänse flog wie ein Pfeil schnatternd am blassen Vollmond vorbei, der immer noch am Himmel stand. Als sie näher kamen, füllten sich meine Ohren und mein Herz mit ihren aufmunternden Rufen.

Ich lächelte den Hund an, und er wedelte mit dem Schwanz. Wir folgten Daddy zwischen die Kiefern und Wacholderbüsche.

Mit unseren Schneeschuhen stapften wir durch den tiefen, frischen Schnee, und neben mir hüpfte Lotse wie ein Reh. Er sprang herum, bis er erschöpft stehen blieb. Sein Atem war eine Dampfwolke. Er stieß seine braune Nase tief in den Schnee und kam mit einer glitzernden weißen Schnauze heraus.

»Wuff«, sagte er und rannte im Kreis.

Wenn ich Zapfen an den Ästen der Nusskiefern sah, blieb ich stehen und sammelte die kleinen hellbraunen Kerne ein. Dabei dachte ich an den nussigen Geschmack, mit dem sie die Forelle, die Daddy fangen würde, verfeinern würden.

Wir erreichten den Bach, der an einigen Stellen unter Schichten von Eis schimmerte und an anderen sprudelte. Wir gingen mit der Strömung am Ufer entlang bis zu unserem Lieblingsplatz in einer Bucht. Hier strömte das Wasser schneller und hatte ein ziemlich großes Loch ins Eis geschmolzen, da, wo die Fische den Winter verbrachten.

Daddy legte seine Angelrute und den Rucksack auf die Erde. Dann sammelten wir braune Kiefernnadeln und kleine trockene Zweige von toten Ästen, um sie als Anmachholz zu benutzen.

Während sich der Hund im Schnee wälzte und Daddy mit der Axt einen alten Zedernstumpf zu schönen dicken Holzscheiten zerhackte, legte ich einen Ring aus großen Steinen.

Es dauerte nicht lange, bis Daddy ein loderndes Feuer in Gang gebracht hatte, und dann war es Zeit, Fische zu fangen. Daddy ließ die Angelschnur mit einem Bleigewicht und einem Wurm am Haken in das eisfreie Wasser tauchen. Sie sank tiefer und tiefer. Bald hatte er eine herrliche Forelle geangelt. Sie war so lang wie mein Unterarm und wunderschön, goldbraun mit schwarzen Tupfen und orangefarbenen Streifen unter den Kiemen. Wieder warf Daddy die Schnur ins Wasser, und genauso schnell fing er eine zweite hungrige Forelle.

Wir lächelten uns an und schüttelten den Kopf über unser riesiges Glück, und Daddy begann die Forellen auszunehmen. Lotse hatte nur dagesessen und genau beobachtet, was Daddy machte.

Jetzt stand er auf und streckte sich langsam, erst vorne, dann hinten. Danach trat er ganz, ganz langsam und vorsichtig, als ob es ihm wehtäte, in das fließende Wasser. Stockstill stand er da, während das Wasser um seine Beine strömte, und spähte in das eisfreie Loch. Minuten vergingen, in denen er keinen Muskel rührte.

Und dann, als ich schon fast das Interesse verloren hatte, schlug er ganz plötzlich zu. Was für ein herrlicher Anblick! Im selben Moment machte er einen Satz mit den Vorderbeinen und stieß den Kopf ins Wasser.

Genauso schnell tauchte Lotse wieder auf, den Kopf in die Luft gereckt, und lächelte um das Prachtstück herum, das er zwischen den Zähnen hielt.

Er watete aus dem Bach, schüttelte die Ohren, als ob er sie loswerden wollte, und ließ den Fisch dann vorsichtig in die Bratpfanne fallen.

Daddy und ich lachten schallend, und Daddy meinte, der Hund habe den Angelwettbewerb ehrlich gewonnen. Als die Forelle über dem Feuer knisterte und prasselte, fiel mir auf, dass Daddy ein Lied pfiff. Das hatte ich schon lange nicht mehr gehört.

Während ich die Möhren in die Pfanne schnitt und die Nüsse der Kiefern über die bräunenden Forellen streute, war ich rundum glücklich und summte selbst eine kleine Melodie vor mich hin. Auch das hatte ich schon lange nicht mehr gehört.

Und wenn wir uns auch um einen Tag verspätet hatten, war es doch das allerschönste Weihnachtsessen – frisch gefangene Forellen und knackige Möhren von Mamas bestem Porzellan, mitten im Wald. Als wir gegessen hatten und unsere Bäuche voll waren, lehnten wir uns an die Baumstämme und Felsbrocken, und der Hund lehnte sich an mich, und wir taten lange Zeit nichts anderes, als uns die Lippen zu lecken und die Landschaft zu betrachten. Weiche, weiße Wolken schwebten langsam über uns hinweg. Eine sah aus wie ein Fisch und eine andere wie ein Hund mit Schlappohren.

Daddy legte das letzte Zedernholzscheit aufs Feuer. Ich rutschte ein bisschen näher heran, um mir die Hände zu wärmen, und beobachtete, wie der Rauch dem weißen Mond entgegendriftete. Und dann, in der Stille, fing eine Frage an, mich zu plagen – wie eine Scherbe in meinem Stiefel. Schließlich konnte ich sie mir keine Minute länger verkneifen.

»Daddy?«, sagte ich. »Wenn der Bär nicht in die Hütte gekommen wäre und alles aufgefressen hätte – hätte ich dann etwas zu Weihnachten gekriegt?«

Daddy setzte sich so schnell auf, dass Lotse erschrak, auf die Füße sprang und in den Wald hineinknurrte. Daddy sah selber erschrocken aus, als ob ihm etwas Unangenehmes passiert wäre.

Dann lachte er laut und schüttelte den Kopf. Er zog den Rucksack zu sich heran und langte in die Außentasche.

»Mach die Augen zu, Dessa Dean«, sagte er. »Und halt still.«

Ich tat, was er sagte, und einen Augenblick später spürte ich, wie mir die kratzige Wollmütze ausgezogen wurde, so dass meine Haare knisternd vom Kopf abstanden. Ich zwang mich, mir die Ohren in der Kälte nicht abzudecken. Und dann legte sich etwas Weiches über meinen Kopf und meine Ohren. Etwas Weiches und sehr Tröstliches.

»Jetzt kannst du gucken, Dessa Dean.«

Ich langte nach oben und strich mit beiden Händen über meinen Kopf. Vorsichtig und langsam zog ich die warme Kopfbedeckung herunter und hielt sie mir vor die Augen.

Oh!

In meinen Händen hielt ich eine perfekte, wunderschöne Wintermütze aus Kaninchenfell, ganz weich und grau.

»Oh, Daddy!« Mehr brachte ich nicht heraus.

»Die hat deine Mama für dich genäht«, sagte er. »Ich habe im letzten Frühjahr die Kaninchen gefangen und die Felle gegerbt, und im Sommer hat deine Mama sie genäht. Für dich zu Weihnachten, Dessa Dean. Von mir und deiner Mama.«

Tränen schossen mir in die Augen, als ich mir die Mütze wieder auf den Kopf setzte und über die Ohren zog. Es waren aber nicht nur traurige Tränen. Es waren auch verwunderte Tränen, dass Mama es fertigbrachte, mir etwas zu schenken, obwohl sie tot war. Ein Weihnachtsgeschenk, das sich wie eine Umarmung anfühlte. Es war das beste Geschenk, das ich oder sonst jemand auf der Welt jemals bekommen hatte. Da war ich ganz sicher.

Und es kratzte kein bisschen.

Ich lehnte mich wieder zurück und schaute hinauf zum weißen Mond. Er machte sich zum Schlafen bereit und hing schon dicht über den Wipfeln der Kiefern. Der größte, rundeste, schönste Zweiter-Feiertags-Mond, den ich je gesehen hatte.

Irgendwo tief im Wald, dachte ich, lag der verflixte Zimtbär zusammengerollt unter demselben Mond und schlief sich nach seinem Festmahl aus, das wir für ihn bereitet hatten. Ich saß da und dachte an Mamas zerbrochenes Porzellan, das überall verstreut herumgelegen hatte, und an das schöne Weihnachtsessen, das verschwunden war, und ärgerte mich. Unwillkürlich musste ich seufzen.

»Was ist denn los, Dessa Dean?«, fragte Daddy.

Ich erklärte es ihm.

»Also, ich sehe das so: Eigentlich hat uns der Bär einen Gefallen getan. Ein Weihnachtsessen ist ein geringer Preis für das, was er uns geschenkt hat.«

Mir blieb der Mund offen stehen.

»Wie meinst du das?«, fragte ich.

»Wenn dieser Bär nicht gewesen wäre, säßen wir bestimmt nicht zusammen am Weidenbach, um diesen Tag zu genießen.«

Ich schüttelte den Kopf und überlegte.

»Da hast du wahrscheinlich Recht«, sagte ich nach einer Weile.

Und während ich noch weiter darüber nachdachte, fiel mir ein, dass noch ganz viel von Mamas Porzellan heil im Schrank stand und dass wir zwar das Kaninchen, das der Hund uns gebracht hatte, opfern mussten, aber dafür eine herrliche Mahlzeit mit frischen Forellen hatten. Wir alle.

Der Hund regte sich am Feuer, und ich sah zu, wie er aufstand und sich streckte und herübertappte, um sich neben mich zu setzen.

Schläfrig kuschelte er sich an mich und ich mich an ihn.

»Frohe Weihnachten, Lotse«, flüsterte ich ihm zu.

Er leckte mit der Zunge über meine Nase und hob die weiche braune Schnauze in die kalte Morgenluft, reckte sie hoch und immer höher, dem verblassenden Mond entgegen.

»Ruu«, sang Lotse. »Ruu.«

Besser hätte ich es nicht sagen können.

Rico und Oskar

Andreas Steinhöfel
Rico und Oskar, Band 1: Rico, Oskar und die Tieferschatten
224 Seiten
Taschenbuch
ISBN 978-3-551-31029-3

Andreas Steinhöfel
Rico und Oskar, Band 2: Rico, Oskar und das Herzgebreche
272 Seiten
Taschenbuch
ISBN 978-3-551-31233-4

Andreas Steinhöfel
Rico und Oskar, Band 3: Rico, Oskar und der Diebstahlstein
336 Seiten
Taschenbuch
ISBN 978-3-551-31289-1

„Für jemanden, der tiefbegabt ist und ins Förderzentrum geht, weil er einen Kopf wie eine Bingotrommel hat, ist ein Tagebuch die Erfindung des Jahrhunderts." Das findet jedenfalls Rico, der leicht mal den roten, grünen oder vielleicht den blauen Faden verliert. Und er findet auch, dass Oskar der beste Freund aller Zeiten ist, ob mit oder ohne Helm. Einer, mit dem man Müffelchen essen kann bei Frau Dahling auf dem Plüsch-Sofa. Und natürlich aufregende Abenteuer erleben, voller Tieferschatten, Herzgebreche und mit einem Diebstahlstein.

CARLSEN

www.carlsen.de